人魚が逃げた

青山美智子

MICHIKO
AOYAMA

PHP研究所

人魚が逃げた

もくじ

プロローグ

――失礼ですが、あなた様は？

「王子です」

――王子？　今日はどうしてこちらに？

「僕の人魚が、いなくなってしまって……」

――人魚が。

「…………逃げたんだ。この場所に」

1章 恋は愚《おろ》か

ひとつ、願いが叶《かな》うのなら、あなたにふさわしい人間になりたい。

でもどうやって？

いったい誰が、僕に魔法をかけてくれる？


歩道で立ち止まった僕の脇を、オープンカーが通り過ぎて行った。

車道を走る赤いロードスター。運転席の男性はもう後ろ姿で顔が見えない。助手席にはサングラスをかけた女性がいて、ゆるい巻き髪をなびかせ、建ち並ぶビルの群れを眺《なが》めていた。

三月、最後の週末。

土曜日の銀座《ぎんざ》中央通りは、たくさんの人でごったがえしていた。オープンカーの幌《ほろ》を上げるにはうってつけの晴れた日で、だけど街行く人の服装はばらばらだ。春の体感温度はそれぞれなのだろう。半袖《はんそで》ブラウスの女の子もいれば、ダウンジャケットを着たおじさんもいる。

僕は、ジーンズのボトムに、白いボタンダウンのシャツとベージュのテーラードジャケットを合わせていた。自分なりに、多少きちんとした格好《かっこう》のつもりで。

メンズショップの前に設置されたスピーカーから、ガァガァと雑音が流れてきた。次いで、アナウンスの声がする。くぐもった声で、何を言っているのか聞き取れない。

「……歩行者天国となります……ガガガ……」

やっとキャッチできたのはその言葉で、僕はジーンズのポケットからスマホを取り出し、時刻を確認した。画面に表示されている数字は、11：45。

そうだ、土日や祝日の銀座は、十二時になるとこの大通りだけ歩行者天国になるのだ。その準備が始まるところらしかった。車道が規制され、乗用車もバスもまばらになって流れがスローダウンしていく。

僕は目の前にあるメンズショップの看板を見た。紺地《こんじ》に白抜きのレトロな文字。何の気はなしに足を踏み入れ、店先のポロシャツをちょっと広げてみたら二万三千円の値札がついていていて慌《あわ》てて戻す。

店内のポスターでポーズを取るモデルから察するに、ターゲット層は僕の父さんくらいだろう。それで少しだけ、安堵《あんど》する。二十四歳の僕なんて、最初からお呼びでない。

もっとも、僕がその客層の年齢になったときに、二万円超えのポロシャツを買うことができるか自信はなかった。地元の量販店でしか服を買わない僕の父さんにしたって、そんなものがこの世に存在することも知らないだろう。「友治《ともはる》のおさがり、もらっていいか」

なんて、僕が通っていた高校のジャージを着ているくらいなんだから。

僕は店を出た。車道を挟《はさ》んだ向かい側に、木村屋《きむらや》がある。有名な老舗《しにせ》の、あんぱんの店だ。ここから見てもぎゅうぎゅうに客が入っていた。西洋人の男の子と女の子が、にこにこしながら店から出てきて嬉《うれ》しそうに何か話している。中学生ぐらいだろうか、彼らは仲良く木村屋の紙袋を手に持っていた。

遠く離れた国からやってきて、きっと楽しみにしていたんだろうな、あんぱん。

そんなことをぼんやり考えていたら、突然、重厚な音がした。

キーンコーン、カーンコン。学校生活を思い出させるようなチャイム。

その音は、交差点の角に堂々建てられた和光《わこう》ビルの時計塔から響いてきていた。

そしてそのあと、ゴォオオーン、ゴォオオーンという鐘《かね》の音が鳴り渡り、僕はなんだかそれを数えてしまった。きっかり、十二回。

十二時だ。歩行者天国の、始まり。

大通りにはすっかり車がいなくなり、信号機が青・黄・赤と点滅している。作業服を着たおじさんたちがわらわらと現れ、テーブルと椅子《いす》を並べ始めた。この人たち、いつのまにここにいたっけ。すでに現実感が薄《うす》れかけている。テーブルの中央には広げたパラソルが突き立てられ、またたくまにそこは、歩く者たちの天国となった。

せっかくだからという気持ちになり、僕は歩道から車道に下りて、和光に向かって歩き出した。普段立ち入ってはいけないところを、そろそろ歩く。ちょっとした解放感と、ちょっとした遠慮の混じった体で。

渡り切って反対側の歩道に足を踏み入れたとたん、くしゅん、とひとつ、くしゃみが出た。天国にも花粉は飛んでくるらしい。薬、飲んできたんだけどな。そのせいで少し、ぼうっとしている。春特有の現代病をいまいましく思いながらジャケットの袖で鼻を押さえていると、見たことのある大柄《おおがら》な男性がすぐそばまで近づいてきた。僕は思わず、そのまま顔を隠すようにして体の向きを変えた。

男性は手にマイクを持っている。バラエティ番組に時々出ている芸人だ。名前は、ええと、たしかロブ秋村《あきむら》だ。彼の後ろには、カメラと機材を抱《かか》えたスタッフがふたり、ついていた。

土曜日の昼にテレビでやっている『週末あなた様』という情報番組だとすぐわかった。略して「シュウアナ」と呼ばれている生放送のワイドショーで、視聴率も高い。冒頭で道行く人に突撃街角《まちかど》インタビューをするのが恒例となっている。選ばれた通行人は番組内で「あなた様」とされていた。

「春ですね！　今日は、銀座、中央通りに来ております。もうすぐ新年度ということで、新しい季節への意気込みを聞かせていただきましょう。さあ、今日はどんなあなた様がいらっしゃるでしょうか」

彼らは物色《ぶっしょく》するようにきょろきょろっとあたりを見回したあと、標的《ひょうてき》を見つけたらしく、互いに目配《めくば》せをした。

「どうもー！」

ロブ秋村が小走りしながら大声を張り上げる。

マイクを突きつけられたその先には、妙《みょう》に目立つファッションの若い男性がいた。ウェーブのかかった長い黒髪、彫《ほ》りの深い顔立ち。豪華なフリンジのついた白い詰襟服《つめえりふく》はヨーロッパ貴族のようで、目の覚めるような青のスラックスに黒いロングブーツを合わせていた。そして何より、頭には黄金の冠《かんむり》を載せている。

「こんにちは！　『週末あなた様』です。ちょっとよろしいでしょうか」

王冠をきらめかせた男性は、戸惑《とまど》った顔でマイクを見た。ロブ秋村が返事も待たずに訊《たず》ねる。

「失礼ですが、あなた様は？」

「王子です」

迷わずそう答えた男性に、カメラマンがこらえきれないように吹き出した。

まさに、疑いようのない王子ファッションだった。黒髪に黒い目は日本語を話していても違和感はないけれど、すっと通った鼻筋や大きな瞳《ひとみ》を縁取《ふちど》る長い睫毛《まつげ》は、どこか異国の血も感じさせる。

　自分のことを王子だと大真面目《おおまじめ》に名乗るそのそぶりが、逆におかしみを誘うのだろう。通行人からも遠慮のない笑いが起きた。ロブ秋村が「ええっ」と大げさにのけぞり、さらにマイクを掲げる。

「王子？　今日はどうしてこちらに？」

「僕の人魚が、いなくなってしまって……」

「人魚が」

　ロブ秋村が、ぐわっと目を見開く。ぎょろ目がこぼれおちそうだ。

　彼は――王子は、せつなげにまぶたを伏せて続けた。

「……逃げたんだ。この場所に」

　あまりにも翳《かげ》りのあるその表情に、ロブ秋村は絶句《ぜっく》したようだった。言葉が続かない。

　王子は和光の時計塔を見上げ、ぽそりとつぶやいた。

「タイムリミットは……五時まで」

　そしてどこか遠いところを見るようにして、ふらふらと去っていく。

　ロブ秋村が気を取り直してマイクを握った。

「はいっ、今日のあなた様は、王子様でした！　なんと、銀座に人魚姫が逃げちゃったみたいですね、見つかるといいですねぇ。皆さん、人魚を見つけたらご一報を！」

　カメラに向かって親指を立て、ロブ秋村はウインクをした。そこでＣＭに入ったらしい。ほっとしたように顔をやわらげる。

ふと見上げれば、さっきまで点滅していた信号機の光が全部すっかり消えていた。

目を閉じたような三つの円を、僕は不思議な気持ちで見つめる。

まるで、リアル世界がぐっすりと眠りについたみたいだった。こんなにも明るく晴れているのに。


空腹を覚えていた。十二時を回ったというのに昼ごはんどころか朝ごはんも食べてきていない。

木村屋に入り、あんぱんをひとつ、購入した。中央に桜の塩漬《しおづ》けが埋め込まれている商品を選ぶ。ひとつだけを求めるのはためらわれたけど、まったく問題なく親切に包んでくれた。さっきの外国人みたいに、観光客が食べ歩いたりするんだろう。正直、サイズを考えると僕にとってはちょっと贅沢《ぜいたく》な値段だった。でも今日は、これくらいは自分に許そう。僕はあんぱんを手に持ったまま、和光とは逆方向に歩き出した。

あの王子は、芝居の稽古《けいこ》のようなことをしているのかもしれない、と僕は思う。

マイクを持つロブ秋村を見て、いろんなことがフラッシュバックした。

僕もかつて、あちら側にいたことがある。ほんのわずかの間だったけど。

カメラに向かって、とびきりの笑顔を向けて。どんなに体調が悪くても、どんなに悩んでいてもだ。

高校の頃、夏休みに原宿《はらじゅく》を歩いていたら芸能事務所からスカウトされた。タレントの仕事に興味はないですか、って。都心まで電車で一時間半ほどの郊外に住んでいる田舎者《いなかもの》の僕は、東京への憧《あこが》れも、芸能界への興味もそこそこあった。それで軽い気持ちで、すぐに面接を受けて事務所に入ったのだ。容姿をほめられるのは悪い気はしなかったし、アルバイト感覚でカタログのモデルやＭＶのエキストラ出演をするのは楽しかった。

大学進学で上京したのを機に少しずつ仕事が増えていって、テレビドラマの端役《はやく》や深夜バラエティ番組のにぎやかしや、劇団の客演もやらせてもらえるようになった。

芸能人じゃん。

テレビ局の関係者入口の前に立ったとき、初めてそう思って興奮した。

といっても、僕に与えられたスポットなんて、ごくごく小さなものだ。ドラマ出演ではどこに出ているか自分でもわからないくらいだったし、バラエティではうまい返しがまったくできず、二回出ただけで向いていないと判断して自分から降りてしまった。

さらに、劇団員たちはとんでもない熱量で芝居に命をかけていて、ろくに基礎もできていない僕は足を引っ張るばかりだったと思う。

劇団によっては、役作りのためになかなかの無茶ぶりをしてくる主宰者もいた。河童《かっぱ》の役を与えられ、「頭に皿を載せた衣装を着て池のほとりで一日過ごす」という指令を受けたこともある。

そしてそれによってどんな気づきを得たのか、劇団員たちに発表しなくてはならなかった。恥ずかしいし、そんなことをしても僕には河童の気持ちなんてわからないし、トイレに行くのも大変で、あれは相当、きつかった。最終公演の日、アンケート用紙に「河童さんがとっても素敵でした」と、ひとこと書いてくれたお客さんがひとりだけいて、それだけでも報《むく》われた気がして泣きそうなくらい嬉しかったけど。

さっきの王子も、おおかたそんなところに違いない。だとしたら、たいしたなりきりぶりだ。いきなりマイクを突きつけられても、あくまでも王子を貫《つらぬ》き通していた。

あのうつろな目を思い出す。年齢は僕と同じぐらいか、少し上か。よくわからないけど、彼は役者としてこの職を誇りに思っているのだろう。

僕には、その覚悟が持てなかった。芸能の仕事は、ちょっとルックスがいいだけではとうていこなすことができないと悟《さと》ったからだ。

何があろうとビジュアルをキープし、他人からの嫉《そね》みやマウントを跳《は》ね返し、常に周囲の評価を気にしながらたくさんのことを同時進行でいっぺんに覚えなくてはならなかった。突然の依頼や急な変更の対応に追われたかと思うと、事務所からぷつりと音沙汰《おとさた》がなくなったりして、それはそれで自信を失って落ち込んだ。ＳＮＳのフォロワー数も三百人がいいところで、いいねの数もごく少なかった。

片手間《かたてま》でいいとわりきっているなら、そんなこともあまり気にならなかったかもしれない。事務所にしたってバイト扱いぐらいの気分で僕に接していたと思う。たいしたリスクもなく、同業の可愛《かわい》い女の子と仲良くなったりして、本業が学生のうちはそれでよかった。だけど本気でやろうと思ったら、心身ともに相当タフである必要があった。一生の仕事として引き受けるにはあまりにも不確実で不安定で、何よりも自分自身にそこまでして続けられるファイトがなかった。

それで僕は、就職活動を経て小さな広告会社から内定をもらい、大学卒業と同時に芸能界からきっぱり足を洗うと決めた。

足を洗う、か。

そんな言い方をしたら、芸能界が悪い世界みたいで、それは失礼だな。

いいことだって、ちょっとはあったんだから――――。

愛《いと》しい人のことを想い、僕は少し苦笑した。

そういえば王子は人魚の話をしていたけれど、足を持たない人魚は、好ましくない世界から抜けるとき、どこを洗うのだろう？

理世《りよ》さん、というのが僕の恋人の名前だ。

事務所退職を決め、挨拶《あいさつ》に行ったとき、ロビーで偶然出会ったのが最初だった。僕とすれ違うとき、彼女はほんの少しの笑《え》みを浮かべ、そっと会釈《えしゃく》をしてくれた。通りがかりの誰もにそういう対応をしているのだろうけれど、その姿が上品で、思わず目で追ってしまった。

実のことを言えば、僕はそのとき、理世さんのことをスタッフさんかなと思った。出入りのスタイリストとか、ヘアメイクとか。すっきりとした面持《おもも》ちのきれいな人ではあったけど、服装も態度も控え目で、他のタレントのように「私が、私が」と前に出ていくようなオーラを感じられなかったせいだ。

しかし、手袋を外《はず》したのを見たときに、きゅんと胸をつかまれた。なんて美しい手をしているのだろう。

節《ふし》のない白い指は細く、それでいてやわらかそうなあたたかみがあって、動きがとてもエレガントで。

マネージャーの江古田《えこだ》さんに「あの人は、誰?」と率直に訊ねた。江古田さんは白髪《しらが》まじりのぽつぽつした顎鬚《あごひげ》を撫《な》でながら「ああ、手タレの理世ちゃん」と言った。

この芸能事務所にはパーツモデル部門があった。手とか、足とか。パーツモデルなら売れっ子であっても顔が世間に知られることはほとんどないし、お互い現場に直行することが多いので、今まで何年も一緒の事務所に所属していたのに知らなかったのだ。

僕が彼女に釘付《くぎづ》けになっていると、江古田さんが「理世ちゃん」と呼びかけてくれた。このときほど江古田さんが「いい仕事をしてくれた」と思ったことはない。彼女は静かにほほえみながら、僕たちのほうにやってきた。

「こちら、友治くん。今日で辞めちゃうけど」

江古田さんが僕をそう紹介してくれると、理世さんは「私もです」と穏《おだ》やかに答えた。たまたま、この日が最後の仕事だったらしい。ということは、このチャンスを逃《のが》したら二度と会えなくなる。

僕はみっともないくらいの必死さで、あの手この手で理世さんと連絡先を交換することになんとか成功し、そのあと猛アタックをかけたのだ。女性に対して……というか、何に対しても、こんな積極的な行動に出るなんて初めてのことで、自分でもびっくりした。

出会ったあの日も、三月の終わりだった。ちょうど二年だ。しとしとと、やわらかな雨が降っていたのを覚えている。

理世さんが十二歳年上だということを知ったのは、僕の相次ぐお茶の誘いをやっと受けてくれた一ヵ月後で、僕はさっきのロブ秋村みたいに、ちょっとのけぞってしまった。

年上だとは思っていた。でも理世さんはもっと若く見える。肌は清らかに瑞々《みずみず》しく透き通っているし、話がそんなに食い違うようなこともなかったから、せいぜい五歳ぐらいの違いかなと感じていたのだ。彼女からしてみたら、僕なんてガキじゃないかという不安がまず最初によぎった。

恵比寿《えびす》のホテルラウンジで向かい合ってアフタヌーンティーを共にしながら、理世さんはゆっくりと、言葉少なに僕の質問に答えてくれた。

彼女は銀座の店で接客業をしていて、手タレはたまに副業としてやっていたらしい。聞き上手《じょうず》で知識が豊かで、しなやかな指でティーカップを持つ所作《しょさ》も美しかった。

「好きです」

僕はその日のうち、理世さんにストレートに伝えた。もう、すっかり彼女にいかれてしまっていて、それ以外に言葉が見つからなかった。

理世さんはぴくっと眉《まゆ》を動かし、テーブルの縁《ふち》に目を落としたあと「まだ会ったばかりよ」と曖昧《あいまい》に笑った。

「じゃあ、また会ってください」

強引に次のお茶の約束をして、二週続けて、同じ場所で会った。

三回目に「好きです」と伝えたら、彼女はややあって口を開き「ありがとう」と言った。

ありがとう、って？

その意味をはかりかねね、僕は恐る恐る訊ねた。

「ＯＫ、ってことでしょうか」

理世さんは小さく小さく小さく、うなずいた。夢みたいだった。

次のデートで勇気を出して手を繋《つな》いだとき、彼女は振り払ったりしないでそのまま僕にゆだねてくれた。それで、ああ、夢じゃない、と思った。この神々《こうごう》しいまでにきれいな指が、僕の手の中にあるなんて。

だけど、理世さんの住むマンションの部屋を訪れたとき、僕は言葉を失ってしまった。オートロックの新築タワーマンション。彼女は十二階に住んでいる。モデルルームみたいにセンスのいいインテリア、ふかふかのソファ。本棚には難しそうな書物が並び、食器がブランド品であることは自分には縁《えん》がなくてもわかった。

理世さんは、年齢がどうということではなく、圧倒的に大人なのだと思い知らされた。内面的にも、社会的にも、そして経済的にも。理世さんが働く店は銀座の一等地にあって、彼女はそこで責任者を担《にな》っている。

手取り十八万円、家賃五万円の木造ボロアパートの一階に住んでいる僕。無知で、ただ感情的になってばかりで。経験も浅く、金もなく、子どもだった。

何も持っていない僕は、いくつかの嘘《うそ》をついた。背伸びしたくて。

「うちの会社、歩合《ぶあい》制で、営業成績がいいとかなりポイントつくんだ」

数字はぼやかしたけど、「ノルマ達成がトップだった」とか「臨時収入が入った」とか、でたらめなことを言い、潤《うるお》っているふりをして外食では必ず僕が財布《さいふ》を出した。ふたりで会うときの洋服や持ち物は、金持ちの友達に借りたり、メルカリで相当安くなっているものを入手したりした。あきらかに中古でくたびれているそれらを、「気に入ってるからずっと使ってる」なんて言って。

リッチを装《よそお》うとすることで、僕はますます困窮《こんきゅう》していった。貯金なんてまるでなく、日々の生活を回すのがやっとだった。

一人暮らしの自分のアパートには、理世さんを絶対に招かなかった。

「兄貴と住んでるんだ。父親が持ってるマンションに」

僕はまた嘘を重ねた。本当は実家でさえ借家だし、兄貴もそこに住んでいる。

「神経質なヤツでさ。２ＬＤＫでそこそこ広いのに人を呼ぶことができなくて、まいっちゃうよ」

理世さんは特に追及してこなかった。そういうところも大人だ。

彼女の休みは週に一度だけで、しょっちゅう会えるわけではなかった。そして彼女のほうから「普段仕事で疲れているから、休みの日は家でゆっくりしたい」と言い出したので、手土産《てみやげ》のケーキを少々奮発しても、たとえば一緒にディズニーランドに行くよりもずっと安価で済んだ。そのおかげで、ごまかしながらもつきあいを続けてこられたというところはある。

部屋にいるときの食事はだいたい、理世さんが作ってくれた。食材の代金を出すと言っても、「また今度でいいわ」と毎回受け流された。

これじゃ、ヒモだよな。嘘つきのヒモ。

そう思いながらもその居心地《いごこち》のよさにずるずると引きずられて、僕はずっと、嘘つきのまま彼女のそばにいた。

理世さんが素敵であればあるほど、同じ目線に立てないダメな自分を突き付けられてみじめな気持ちになる。ただ好きだと思うだけなら楽しいのに、相手に何かを求めたり求められたがったりする感情はどうしてこんなに醜《みにく》くて苦しいのだろう。

いつまでもついていられる嘘ではないとわかっている。だけど今の僕は、自分を偽《いつわ》ることでしか彼女を繋ぎとめておけない気がしていた。

こうやって時間を稼いでいるうちに何かの奇跡が起きて、いつか彼女にふさわしい人間になれるかもしれないなんて、あてもなく夢想しながら。


僕は中央通りの歩道を歩き続け、また車道を渡って反対側にたどりつく。

目当ての店が、そこにあった。僕は今日、迷いに迷って、心を決めて、ここを訪れるために銀座に来たのだ。

TIFFANY&Co.

ティファニー。言わずと知れた高級宝石店。ブランドを象徴する、明るい水色のフラッグが風にはためいている。

エントランスからふたりの女性が出てきた。親子だろう、醸《かも》し出す雰囲気がよく似ている。母親の白いワンピースがまぶしい。娘の方は、ティファニーのロゴが入った水色の紙袋を大事そうに持っていた。この裕福そうな母親に、何か買ってもらったのか。

彼女たちの華《はな》やいだ表情に、僕は少しおじけづいた。

何をひるむことがある？　僕だって、あんなふうに買い物をするだけだ。そう自分に言い聞かせてみたものの、足が動かない。

店の前の縁石《えんせき》に数人、若者が座り込んでスターバックスのドリンクを飲んでいる。行儀《ぎょうぎ》がいいとはいえなかったが、歩行者天国なのだから、それくらいの自由は許されるのだろう。

少し離れたところに僕も腰を下ろし、手持ち無沙汰《ぶさた》になんとなくＳＮＳを開く。

タイムラインに現れたトレンド。トップに表示されたワードにちょっと笑ってしまった。

「＃人魚が逃げた」

いつもながら、ＳＮＳ民の拡散力たるや、速くて驚く。さっきの『週末あなた様』の突撃インタビューのことだ。

ハッシュタグをタッチしてみると、投稿が続々と連なっていた。

「王子やばい」

「シュウアナ、見てなかったけど銀座に人魚逃げたの？」

「5時がタイムリミットって、人魚姫だけに、泡《あわ》になっちゃうんかな〜。それは早く探さないとwww」

インタビューを受けている王子のテレビ画面や動画まで貼《は》られていた。それがまた、どんどんリポストされている。

こんなわずかな時間のうちに、こんなネタにこれだけの人が反応してるのか。テレビの著作権とか個人の肖像《しょうぞう》権って、どこまでセーフなんだっけ。

『人魚姫』、か。誰もが知る、アンデルセンのおとぎ話。

ひとめぼれした王子の愛を求めて、美しい声を失い、家族を捨て、足を得た人魚姫。愚《おろ》かな恋だ。

結果的に、王子が選んだのは隣国の王女だった。でもそれも仕方ない気がする。

そもそも、人魚姫と王子は、住む世界が違ったんだから。

僕はスマホを閉じてポケットにしまい、立ち上がった。

ティファニーのショーウィンドウの前に立ち、そっと中をのぞきこむ。

ガラスの向こうには、豪華なネックレスが飾られていた。何の宝石なのか、僕には見当もつかない。青く輝くひときわ大粒のペンダントヘッドを際立《きわだ》たせるように、チェーンの部分にもさまざまな色合いのブルーストーンがデザインされていた。

値札はついていない。値段なんてないほどの、客引き用のディスプレイかもしれない。磨き抜かれたガラスに、自分が映っている。僕は木村屋の袋を取り出し、あんぱんをかじった。

映画『ティファニーで朝食を』の真似事《まねごと》だった。

冒頭でオードリー・ヘップバーンがティファニーの店の前に立ち、ショーウィンドウを見つめながらパンを食べるのだ。

あのニューヨークの五番街と、この銀座中央通りは似ている気がする。ヘップバーンが食べていたのは、あんぱんじゃなくてデニッシュだったけど。

＊

あれは先週の日曜日のことだ。

いつものように理世さんの部屋で過ごしていた昼下がり、テレビにリモコンを向けながら彼女が言った。

「なんか最近、テレビの調子が悪くて。動画コンテンツが見られなくなっちゃってるの」

「うん？　ちょっと貸して」

僕はリモコンを操作しながら、いくつか確認した。

「不具合があるのはテレビじゃなくて、Ｗｉ－Ｆｉのほうじゃないかな」

僕がそう言うと、理世さんは驚いた様子でこちらに顔を向けた。

「そうなの？」

「ちょっとやってみる」

試《ため》しにルーターの再起動をかけてみると、モニターで丸いマークがぐるぐる回ったあと、動画コンテンツのトップ画面がぱっと動き出した。

その瞬間、理世さんが両手をちっちゃくグーにして叫んだ。

「やった！」

いつも落ち着き払っている理世さんだけど、ごくごくたまに、不意打ちでこんな無邪気《むじゃき》な仕草《しぐさ》を見せることがある。そのギャップが、たまらなくかわいいな、といつも思う。言ったらやってもらえなくなりそうだから、口にはしないけど。彼女のそんな姿を、にやにやと見ているだけの至福。

理世さんは僕からテレビのリモコンを受け取り、画面を見ながら映画のタイトルをランダムに表示させた。そうしているうち、オードリー・ヘップバーンの映画特集に流れ着いたのだ。

『ティファニーで朝食を』のサムネイルにぱっと選択枠が合ったとき、理世さんは再生ボタンを押した。特に「これ観《み》よう」という打診《だしん》はなく、なんとなく押してしまったという感じだった。

すぐに映画は始まり、主題曲の『ムーン・リバー』がリビングに流れ出した。

「理世さん、この映画、観たことある?」

「ううん。『ローマの休日』は観たけど、そういえばこれはまだだった。友治くんは?」

「僕は両方ともまだ、これからかな」

タイトルもろくに知らなかったくせに、そんなことを口にする。まるで観る予定でいたみたいに。背伸びばかりで、足がつりそうだ。

初めて観たヘップバーンの映画、『ティファニーで朝食を』は、画像の粗《あら》さが作品を損《そこ》なうことなく、むしろ上質さを演出していた。クラシックで、優美な。

一緒にそんな映画を観ていると、彼女の世界に少しだけ踏み込めたような嬉しい気持ちの裏で、やっぱり理世さんは僕がたどりつけない遠い場所にいるのだというコンプレックスを刺激された。

たとえば理世さんがこの映画の中にさりげなく登場していても違和感はないだろう。でもそこに僕はきっといない。

ヘップバーンが演ずるヒロイン、ホリーは、大好きなティファニーを何度も称賛《しょうさん》した。夢中だとか、最高だとか、ここに来ると落ち着くとか。彼女がなかなか破天荒《はてんこう》な主人公なのでちょっとだけ面食《めんく》らったけど、それよりも何よりも、印象的だった出来事がある。

映画の後半、相手役の男性俳優とヘップバーンがティファニーでデートする場面でのことだ。きらびやかな店内で、ジュエリーたちが輝いていた。ふたりと会話をする店員さえもが上流階級の人間に見えた。

そのシーンを観て、理世さんがぽつりとつぶやいたのだ。

「……すてき」

理世さんに悟られないようにポーカーフェイスを保ったけど、それを聞いて僕は、かなり心拍数が上がっていた。

理世さんのその言葉は、誰に言うでもない、心の声だと思った。おそらく、自分がつぶやいたことを自覚していないほどの。だから僕は、聞こえなかったふりをした。

彼女が僕に何かをねだったことは一度もない。宝石なんてもちろんのことだ。誕生日やクリスマスに欲しいものがあるか訊ねても、いつも「特にないわ」と言うのだ。僕は困って、毎回、花束と一緒にさらに強火の「好きです」を重ねるしかなかった。

でもそうか、理世さんは、ティファニーが好きなんだ。

隠されていた秘密の財宝を探り当てたような気持ちで、僕は嬉しくなった。

しっかり覚えておこう。がんばってお金を貯めてプレゼントするんだ、いつかきっと。

しかし、事が起きたのは映画を観終わったあとだ。

夕食の食材を買うために、理世さんのマンションの近くにあるスーパーマーケットへ行った帰り道、背後から声をかけられた。

振り返って、僕は目をむいた。歌舞伎《かぶき》役者で、ドラマでも主役を張るような人気俳優の喜代助《きよすけ》だった。五十歳手前だったと思うが、胸板が厚くて若々しい。

「あら、お久しぶりです」

小声で頭を下げる理世さんにほほえみかけたあと、喜代助は僕をちらっと見て言った。

「彼氏かい」

理世さんはわずかに唇《くちびる》の端《はし》を上げただけで、否定も肯定もしなかった。

それで僕は、ちょっとムキになって答えた。

「そうです」

すると喜代助は、ふ、と笑みを浮かべた。

なんだかバカにされたような気がして、僕は喜代助をにらんだ。でも彼はそんなことにはまったく動じず、「はじめまして」と紳士《しんし》的に言った。

どう対抗すればいいのか迷う間もなく、喜代助は「じゃ」と片手を上げ、車道の端に停まっていたシルバーのメルセデスに近づいていった。運転席にはボブカットの女の人がいて、理世さんを認めると軽く会釈する。彼女にもまた、洗練されたセレブ感があった。

会釈を返したあと、理世さんが言った。

「……家が、近所なのよ。うちのお店の常連さんなの」

どこか言い訳がましくて、口ごもっている。こんな理世さんは初めて見た。

「だから？」

冷たく言い放ってしまった。こんな僕もきっと初めてだ。

理世さんは、今度はさらりと答えた。

「だから何ってわけじゃないわ。偶然会ったから、挨拶しただけよ」

喜代助はロングTシャツにチノパンというラフな恰好《かっこう》をしていたけれど、たぶん、そんな普段着だって僕とは比べ物にならないような高級品だろう。湧《わ》き上がってくる苛立《いらだ》ちを必死で押さえつけながら、僕は言った。

「あの女の人、喜代助の奥さん？」

「喜代助さんは独身よ。あの方はマネージャーさん。従妹《いとこ》なんですって」

「そ。詳《くわ》しいな」

理世さんは数秒黙ったあと、ごくごく穏やかに無表情で言った。

「だから？」

僕は声につまってそっぽを向く。そして、あえてハハッと笑ってみせた。

「あんな人と結婚できたら、そりゃいいよね」

やっと言い返した言葉が、自分を傷つけていくのがわかる。

「……そうね」

理世さんは乾いた口調でそう言い、ゆっくりと歩き出した。

そうね？

まさか、同意されるとは思わなかった。

頭を鈍器《どんき》で殴《なぐ》られたみたいな気分だった。理世さんのこんな淡々《たんたん》とした表情は、いつも僕を打ちのめす。

暗に「あなたは子どもね」と言われたんだろう。喜代助にきちんと挨拶もせず、食ってかかるような態度を見せて、おまけにゴシップ好きみたいに詮索《せんさく》したりして。

でもそれなら、ちゃんとそう叱《しか》ってよ。

もっと、感情をむきだして話してよ。本当の気持ちを教えてよ。

はぐらかさないで、流さないで、大人にならないで。

そうして僕たちは気まずい雰囲気でマンションに戻り、軽く食事をしたけれど、たいした会話もせずにその日のデートはお開きとなった。それきり、そのままだ。

理世さんに釣《つ》り合うのは、きっと、喜代助のような男だ。

大人で、金持ちで、余裕があって――有名人で、権威を持っていて。

理世さんの周りにはきっと、あんな男がたくさんいるのだ。

あんなふうに、なりたかった。理世さんにふさわしい人間に。

僕があのまま芸能界に残って、がんばって売れっ子になっていたら、何かが違ったんだろうか。十二の年の開きがあったとしても、理世さんは僕を子ども扱いせずに男として認めてくれたんだろうか。

芸能界の入口で降参《こうさん》して、企業に勤めたところで出世できそうにもなく、何もかも中途半端な自分があらためて情けなかった。

精一杯背伸びしたって、理世さんの周りにいる男性たちには到底太刀打《たちう》ちできない。

きっと理世さんは、僕じゃ物足りないって感じてる。外でデートしたがらなくなったのも、食材の代金を出させないのも、欲しいものを教えてくれないのも、僕には彼女を満たすようなものは買えないだろうって思ってるのかもしれない。

僕からの「好きです」の答えが「ありがとう」でしかないことも、彼女の心の距離を示しているに違いなかった。

だって、理世さんからの「私も好き」という言葉を、僕はただの一度だって受け取っていないのだ。

――住む世界が、違う。

僕が理世さんを満足させられるほどの大人になるまでに、どれほどの時間がかかるだろう。そんなの待ってなんかいられない。急がなくちゃいけない。

こんな素敵な人、うかうかしていたら誰かに取られてしまう。その前に早く、早く僕の妻にしなければ。

せめて、約束だけすることができたら。まずは彼女の未来を縛《しば》ることができるのなら。

それで僕は決めた。

ティファニーのジュエリーを理世さんに贈るんだ。今すぐに。

あの美しい手に似合う、婚約指輪を。

翌日の月曜日、僕は仕事が終わってから銀座にすっ飛んでいき、閉店間際のティファニーの店内に駆《か》け込んだ。

ここで買えるジュエリーが、いくらするのか下調べすらしなかった。勢いで行かないと、自分にストップをかけてしまいそうで。

五万円ぐらい……いや、ここは、がんばって十万円までは出すべきか。クレジットカードの分割払いで、なんとか乗り切れるはずだ。

店に入り、指輪のコーナーで店員と話しながら、ガラスケース越しに「これがいいな」

と直感的にピピッときたリングを見つけた。宝石のデザインも、その輝きも、理世さんのために創られたんじゃないかと思えるくらいに。

値段は、四十八万円だった。

そんなにするんだ……。意気込んでふくらんでいた僕の気持ちは、いっぺんにぺしゃんこになった。ティファニーを甘く見ていた世間知らずな自分に萎《な》える。

でも、じゃあ他にと探してみても、ぴんとくるものがない。リングは見る限り一番安くても二十五万円したけど、僕からしたら理世さんのあの美しい指にはいまひとつ華やかさに欠けて似つかわしくないと思ってしまった。

「……また、考えます」

僕は店員に愛想《あいそ》笑いを残し、重い足取りで店を後にした。

やっぱり、しょせんうまくいかない恋なんだろうか。

他に寄るところもなく、僕はとぼとぼと駅に向かった。

夜の銀座は競うようにして建物の中も外も明るく光を放ち、ビル自体が大きな照明器具みたいに見えた。

肩を落として歩いていると、前方から、派手なおばあさんがやってきた。白髪の頭には黒い大きなフェルト帽をかぶり、細いプリーツのいっぱい入った紫色のワンピースを着ている。耳たぶにつけた金ぴかのイヤリングもバカでかい。ただ歩いているだけなのに眉間《みけん》にしわが寄っていて、赤く塗った唇をつんと尖《とが》らせていた。

見るからにお金持ちそうだったけど、不機嫌な顔をしている。たくさんお金があればなんでも解決して幸せってことには、ならないのかな。

すれ違いざまに、携帯電話の着信音が聞こえた。おばあさんが眉をひそめながらハンドバッグを開く。中からスマホを取り出したそのはずみで、封筒がぽとりと落ちた。おばあさんは気が付かずに「ああ、もしもし」と話しながら歩きだし、先へ行ってしまった。

「落としましたよ」と声をかけたが、おばあさんには聞こえなかったようだ。けんけんと高圧的な物言いで、電話の相手と話し続けている。

「だから言ったでしょ、取り引きは慎重にやりなさいって。なんであんたはそんなにダメなのよ？　解雇《かいこ》の問題だからね、解雇の！」

こんなおっかない上司の下で、どんなミスをしたのか解雇されてしまう部下を気の毒に思いながら、僕は封筒を拾い上げた。

それは銀行の封筒だった。

ＡＴＭでお金を下ろしてそこに入れて、封をしないでそのままハンドバッグに入れたのだろう。万札の頭がほんの少し飛び出している。

あわてて顔を上げると、おばあさんの姿はなかった。角を曲がったのか、どこか店に入ったのか。

心臓が早打ちしていた。体中にどくどくと血がめぐった。かあっと熱くなってきて、封筒を持つ手が痛いほどだった。

そっとあたりをうかがってみたが、僕を見ている人は誰もいない。みんな自分のことだけで忙しそうに、せわしなく歩いている。

どうする？

銀座通り口の交差点に、レンガ造りの交番があったはずだ。

……だけど僕は。

僕は、その封筒を上着のポケットにねじこんだ。交差点に背を向けて、早足で地下鉄の出入口から階段を下り、駅のトイレの個室に飛び込む。そして封筒を取り出し、震《ふる》える指で札を数えた。

ぴったり五十万円、入っていた。

願ったままの、奇跡が起きた。

今必要な額が、僕のところに舞い込んでくるなんて。

毛穴という毛穴が開いて、汗がびっしょり噴き出していた。

これは、これはもしかしたら、神様からのプレゼントじゃないのか？

ああ、そうに違いない。幸運の女神が応援してくれているんだ、絶対に。

きっとあのおばあさんは、何かとんでもなく事業が成功しているお金持ちで、五十万円なんて彼女にとってはたいした額じゃないだろう。自分だってミスぐらいするって、教えてやったっていいんだ。

大きく息を吐き、僕はトイレの天井《てんじょう》を眺める。

僕は狂っていた。

それは神様からのプレゼントではなく悪魔の罠《わな》なのだという、己《おのれ》の声を無視せずにはいられないほどに。

心の奥でわかっていながら、良心と引き換えに封筒を受け取り、僕は盗人《ぬすびと》になろうとしていた。

だってどうしても、どうしても手に入れたかったのだ。

高価な指輪を……理世さんの心を、ふたりの未来を。

*

「………美しい装飾品だ」

隣で声がして、はっと我に返る。

横を見ると、さっき和光の前で見かけた長髪の王子がいた。僕と並んでショーウィンドウを見つめている。

「この宝石のブルーは、彼女の瞳を思い出す……僕の城を囲む、海の青さも」

すごい、役に入り込んでいる。高貴な雰囲気は王子そのものだった。

ふと、演技の稽古につきあってやろうという気持ちが芽生《めば》え、僕は声をかけた。

「海のそばのお城に住んでいらっしゃる、王子様なんですね」

「……そう、そうだよ。僕は、何も知らなかった王子だ……」

王子は苦悩に満ちた表情で、ガラスにそっと指をあてた。

「だって僕の人魚は、何も言ってくれなかったから」

王子の寂しさが伝染する。いい役者だ。僕もしみじみと悲しくなってしまった。

「……わかります。僕の恋人も、いつもはぐらかしてばかりで、何も言ってくれない」

「それは心中察する。つらいものだな、同志よ」

王子はそっと僕にハグをした。品のいい香水の匂《にお》いがする。

こんなところで王子と共感していることが、滑稽《こっけい》でもあり、感動的でもあった。

僕から体を離すと、王子は再び宝石に目をやる。

「だけど……ちゃんと教えてくれたらよかったじゃないか。失うときに聞かされるなんて、こんな悲しいことがあるか」

「でもほら、人魚姫は、話せなかったから」

「話せなくたって、伝える手段はあったはずだよ」

たしかにそうだよな。声じゃなくても、字とか絵とか、身振り手振りとか。

王子は唇を震わせる。

「僕にだけは、話してほしかった……」

「だって、それは」

僕は急に、人魚姫を擁護《ようご》したくなった。

人間にならなければ王子との恋は成就《じょうじゅ》しないという彼女の切実な想いが、わかる気がしたからだ。

人魚姫は、王子と同じ種族でいなくてはいけないと思ったんだろう。海で助けたことを伝えなかったのだって、もしかしたら、人魚だと知られたら嫌われてしまうと不安だったのかもしれない。

月曜日に拾った、五十万円入りの封筒が上着のポケットで熱を持っている。

僕は人魚姫に心を重ねるように、おずおずと言った。

「彼女は、あなたにだから話せなかったのかもしれません。今のままの自分じゃ、あなたに好きになってもらえないと思ったんじゃないでしょうか」

するとと王子は目を見開き、大きく顔を横に揺さぶった。

「どうして?」

「えっ」

どうして？

王子の問いかけに、僕は何も答えられなかった。王子は強い口調で続ける。

「僕はあの子があの子だから愛したんだよ。それは僕が決めることなのに、自分でそんなふうに思い込むなんて勝手すぎる」

王子は瞳を潤ませ、僕を見た。

心を射抜《いぬ》かれるような漆黒《しっこく》。

それを見て僕も泣きたくなった。まるで自分に言われたようで。

――僕が勝手に、思い込んでいた？

こんな自分じゃダメだって。好きになってはもらえないって。

それを決めるのは理世さんなのに。

「好きです」と言う僕に、「ありがとう」と答えた理世さん。

彼女に僕は物足りないんじゃないかなんて懸念《けねん》しながら、実はその逆だったのかもしれない。僕が、足りないって思ってたんだ。もっともっと、彼女の「好き」が欲しくて。

でも告白を受けてくれたあのとき、彼女がどんな気持ちでそう言ったのか、本当の本当のところを、ちゃんと理解していただろうか。

芸能人がよかったのなら、事務所を辞めたばかりの僕との交際をＯＫしてくれなかっただろう。金持ちがいいなら、周りにいくらだっているだろう。

この二年の月日には、言葉にはしない彼女の愛情がちゃんとあったはずだ。

僕がソファで寝転んでいると、具合が良いように頭にあててくれるクッション。春先になると焚《た》いてくれる、花粉症に効《き》くアロマ。抱擁《ほうよう》のとき背中で感じる指の、優しい強さ。

「好きです」

「……ありがとう」

思い出していた。あのときの理世さんの表情を。

あのとき彼女は、まっすぐに見ていた。僕のことを。

そして、自分の胸にそっと、手をあてていた。その仕草から、彼女の胸の高鳴りや喜びをどうして読み取れなかったのだろう？

足りなくなんて、なかった。僕へのあたたかなイエスを、彼女はちゃんと向けてくれていたのだ。

僕は王子に言った。

「言葉なしで相手の気持ちを理解するなんて、とても難しいことです」

王子がこちらを向く。

昼の陽《ひ》を受けて王冠がきらりと光った。僕は続ける。

「でもだからこそ、目や仕草が表しているその人の想いを、見逃してはいけないのかもしれない」

うむ、と王子は低くうなずいた。

「……たしかに、僕のあの子もね、瞳で語るようなところがあった」

人魚姫との思い出をたどるかのように、王子はほほえむ。

「そうだね。都合良くわかったような気になっていないで、もっと深く彼女の心を汲《く》む努力をするべきだった……」

穏やかにそう言うと、彼は僕のほうにすっと顔を向けた。

「君に神の祝福があらんことを」

僕も答える。

「ありがとうございます。王子、あなたにも」

王子は見惚《みと》れるほど凜《りん》とした目で僕を見つめ、静かに去って行った。

『人魚姫』の王子。

僕は、通りすがりの青年の役をちゃんと演じられただろうか。久しぶりに。

俳優業がつらい仕事にしか思えなかったあの頃と違って、なんだか満たされた気持ちでいっぱいになり、僕は王子役の彼に心からのエールを送った。

僕は今、自分にかけた悪い魔法を……呪縛《じゅばく》を、解《と》こう。

理世さんを繋ぎとめておくために必要なのは、偽りの富で得た虚勢や約束じゃない。

嘘をついていたことを謝って、このままの僕を知ってもらおう。

そして僕の「大切な家族」の話も、ちゃんとしよう。

町工場で働く勤勉な両親のことを尊敬してるし、のんびり屋の兄貴のことだって僕は大好きなんだ。


僕は理世さんを愛しています。ただ愛しています。

それが僕が持っている「本物」だった。たったひとつで、すべての。

理世さんを自分のアパートに招こうと決め、僕はスマホを取り出す。


今夜、会えませんか。

ラインでメッセージを送り、僕は一呼吸してほほえむ。

そしてポケットに収めていた封筒をしっかりと握りしめ、銀座通り口の交番へと向かって走り出した。

2章 街は豊か

お姫様に、なりたかった。

美しいドレスを着て、華《はな》やかな調度品《ちょうどひん》に囲まれたお城で過ごし……そして。

王子様に、愛されたかった。

ティファニーの店から出ると、びゅうっと強い風が吹いてきた。

春の気まぐれに乱された前髪を、私はうつむき加減で整える。せっかくセットしてきたヘアが台無しだ。

五十歳を過ぎて、髪にコシがなくなってきた。てっぺんのボリュームがたよりなく、分け目から見える地肌が妙《みょう》に気になる。

子どものころから毛量が多くて、母親から「伊津子《いつこ》の三つ編みは、しめ縄《なわ》みたいだねえ」なんて言われていたくらいだから、こんなふうに悩む日がくるなんて思わなかった。ブラシでトップをふんわり立ててナチュラルに見せるように努力してるのに、まったくこの風、わざとじゃないかしら。

隣を歩く娘の菜緒《なお》は、おでこ全開になってもお構いなしの様子で、お店で受け取ったばかりのティファニーブルーの紙袋を掲げて言った。

「真希《まき》ちゃん、喜んでくれるかな」

二軒先の家に住む、幼馴染《おさななじみ》への結婚祝いなのだという。

数日前に選んだペアグラスの名入れが仕上がったので、受け取りに来たのだ。

晴れた週末、銀座《ぎんざ》は混雑していた。闊歩《かっぽ》する人々の群れに身を置いていると、自分を少しだけ見失う。

車道ではしゃいでいる高校生ぐらいのグループを横目で見ながら、私は歩道を進み続けた。この時間帯の中央通りはすべて開放されているのだから、どこを歩こうと自由だ。なのに歩道から外《はず》れる気になれないのはなぜなのだろう。

「時間、まだ大丈夫だよね」

菜緒に言われて、私は自分の腕時計を見た。今日はこれから、ホテルのロビーで開催中のアート展に行くのだ。展示のほかに、一時半からラウンジでアーティストのミニトークショーが行われることになっている。

「うん、一時になったところ」

今年二十歳《はたち》になった菜緒は、腕時計をしない。誕生日に買ってあげようとしたら「必要ない」と言われた。スマホがあるし、そっちのほうが絶対正確。そう言われて返す言葉がなかった。そんなこと言ったって、こうやって一緒にいれば、私に時刻を確認してくるくせに。

私が若い頃は、腕時計はひとつのステイタスのようなところがあった。夫の雄介《ゆうすけ》が義父《ちち》から唯一譲《ゆず》り受けたロレックスが三百万円だと知ったとき菜緒は、時計に何百万もかけるなんてまったく理解できない、と首を横に振った。

「そんなお金があるなら貯金する。手元のちっちゃな時計より、未来の時間のほうがうんと大事」

モノよりお金。もっとも、そんなふうに思わざるを得ないほど、今の若者にとってこの社会も大人も信用できないのかもしれない。

中央通りをまっすぐ歩きながら、菜緒がきょろきょろとあたりを見回した。

「人魚、いないかな」

さっき早めのランチをしたとき、菜緒がチェックしていたSNSのトピックスだ。食後のデザートを待ちながら菜緒がスマホを開き、「銀座に人魚が逃げたらしいよ」と笑った。

菜緒が教えてくれた話によると、『週末あなた様』というテレビの情報番組で、突撃インタビューを受けた男性が自分のことを「人魚姫を探している王子だ」と言ったらしい。久しぶりのイタリアンでちょっと胃がもたれていてあんまりちゃんと聞いてなかったけど、かいつまんで言うとそんな感じだったと思う。

道行く人たちを横目に菜緒はバッグからスマホを取り出し、歩きながら画面を操作してもう一度ＳＮＳのアプリを開く。ランチのときからさらに話題になっているようで、菜緒は私にスマホを向けて王子の画像を見せてくれた。

真っ白な詰襟《つめえり》の貴族ファッションに、黄金の王冠。大きな瞳《ひとみ》はしっとりと濡《ぬ》れていて、波打つ黒髪は気品がある。だけどこの東京の真ん中で「僕は王子」だの「人魚が逃げた」だの、まじめくさった表情で言っている姿はやっぱり少し、尋常《じんじよう》ではない気配を感じさせた。

「イケメンなのに、惜しい」

菜緒はそう笑ったあと、少し真顔《まがお》になった。

「まあでも、こういうのってテレビ局のヤラセかもね。それか、この王子、ユーチューバーなんじゃない？　どこか別にカメラがあったのかも」

テレビ番組のヤラセね……。そうよね、テレビの情報って、どこまでホントでどこまで仕込みかわからない。そう思った次の瞬間、私は思わず足を止めた。

「あ、ワガワガ、録画してくるの忘れた！」

土曜日の夕方にやっている料理番組だ。家庭でも作れる和菓子のレシピ番組、『我が和菓子』。略してワガワガ。ゲストも毎回楽しみなのに、隔週《かくしゆう》なのでよく忘れてしまう。

「そんなの、見逃《みのが》し配信があるじゃん」

とりなすように菜緒に言われ、私たちはまた歩き出す。

まあ、そうだけど。それは助かるけど、なんだか釈然《しゃくぜん》としない。

菜緒は、ドラマもバラエティも、そもそも最初から見逃し配信で見る前提でいるらしい。それは「見逃し」とは言わないんじゃないかと思う。おまけに、時間短縮のために倍速で見ることもあるというから、本当に驚いてしまう。制作側にしてみれば、余韻《よいん》とか間《ま》とか、そういうのも込みで計算して一生懸命完成させているんじゃないのかしら。

私が二十代の頃は、観《み》たいテレビ番組がやっている時間帯に家にいられないとわかっていれば、VHSテープでの録画が必須《ひっす》だった。テープの残りと録画時間がちゃんと合うかいつも気にしなければならなかったし、当時のビデオデッキでは突然放映時間が変わってもセットした時刻通りにそのまま録画されてしまうのでアクシデントもよくあった。予定外に野球ナイターが延長になって時間がずれたりすると、楽しみにしていたトレンディドラマが途中までしか入っていなかったりして、そういうときは本気でテレビ局に訴《うった》えに行きたくなったぐらいだ。

OL時代はそんなとき、翌日、職場で「誰か、録画できてる？」なんて訊《たず》ねて回って、うまく成功した子に借りたものだ。そうそう、テープの上書き防止に、カセットのツメを折ったりしてね……なんて、思い出したらちょっと楽しくなったけど、そんなことを菜緒に言ったところでさっぱり通じないだろう。

今はもう、自分で好きなように「時間設定」をする時代なのだ。一分一秒に縛《しば》られ操《あやつ》られ、右往左往《うおうさおう》させられていたあの頃とは違う。

ピコッと菜緒のスマホが鳴る。

「あ、よかった。真希ちゃん、今夜は家にいるって」

さっきティファニーを出るとき、真希ちゃんにラインしていたのだ。その返事らしい。

「ぎりぎりだったけど間に合ってよかった。今日、帰ったら届ける」

幼馴染が結婚して家庭を持つというときに、この子は明日、たったひとりで遠くへ行ってしまう。


高校卒業後に菜緒が進んだのは、短期大学の服飾美容学科だった。以前から興味のあった、ヘアメイクの勉強をしたいと言って選んだのだ。

そして二年生の夏休み、ニューヨークに短期留学した。アメリカには、菜緒の通っていた短大と提携《ていけい》している専門学校がいくつかある。短期留学はカリキュラムのひとつにもなっており、それは彼女の志望動機のひとつでもあった。

ニューヨーク滞在中に、菜緒はあるヘアメイクアーティストと出会った。専門学校で講師も務めている彼女は、主に舞台メイクを手掛けているそうだ。卒業生のひとりが「先生」の下で助手をしているという情報を聞きつけた菜緒は、留学前からその先輩とSNSやメールでコンタクトを取っていたらしい。そして渡米すると、先生に自分もニューヨークで仕事をしたいと直談判《じかだんぱん》をし、帰国後、書類審査やオンライン面接を経て、先生からの紹介で劇場関係のヘアメイク事務所に働き口を見つけたのだ。

菜緒は「アメリカでヘアメイクの仕事なんて、カッコよすぎじゃない？」なんてはしゃいでいるけれど、親としては、不安がよぎる。

そんな簡単に、いくものだろうか。「先生」は、本当にちゃんとした人なのだろうか。その「劇場関係のヘアメイク事務所」とやらは、菜緒の生活をきちんと保障してくれるのだろうか。

先輩の情報がじゅうぶんだったかどうかもわからない。都合の悪いことは伏せている可能性だってある。

ヘアメイクの仕事をしたいのなら、何もわざわざアメリカまで行かなくてもいいじゃないか。せっかく東京にいるのだ、いくらでも職は探せるだろう。

「カッコいい」なんて、そんな軽い気持ちで行ったって、楽しいことばかりのはずがない。言葉もおぼつかず、文化も違う中で、働いて生計を立てなくてはいけないことを甘く考えすぎている。

アメリカなんて、私は行ったことがない。知り合いもいない。だから想像もつかない。菜緒が日本から出ると決めてから、アメリカに限らず、海外で起きているおそろしいニュースを目にするたびに胸がつぶれそうになる。

一緒に反対してくれるかと思った雄介は、「いいなあ、俺《おれ》も行きたい」と言った。ちょっと楽観的すぎないか。もし何かあったとき、すぐに駆《か》け付けられる距離ではないのに。

だけど、商社マンの彼は仕事で何度も海外に行っているし、そのあたりの感覚が私とは違うのだろう。それを思い知らされて、いろいろな意味でがっくりきた。

「俺たちも遊びに行こうよ。伊津子も海外旅行するいいチャンスだろ」

雄介に明るくそう言われて、私が反対する余地はなくなった。子離れができない、世間知らずな自分の了見《りょうけん》の狭《せま》さをつきつけられただけだ。

たしかに菜緒は、学校を卒業したのだし、もう二十歳なのだ。娘の就職先を決めるのは親じゃない。

でもやっぱり心配で、さびしかった。私にとっては、まだ二十歳なのだから。

真希ちゃんとラインで何度かやりとりしたあと、菜緒はスマホをバッグのポケットにしまった。

「よかったね。便利よね、ライン」

なんとはなしに私が言うと、菜緒が顔を傾ける。

「スマホがなかった時代って、どうやって待ち合わせの約束してたの？」

「どうやってたのかしら……」

自分でも不思議に思う。本当によく会えてたなと、我ながら感心してしまう。菜緒が口早に言った。

「急な変更とか行き違いとか、連絡取れないと困るじゃん」

「ああ、そういうこと、あったあった。デートの約束してるのに会えなくて、駅の伝言用黒板にチョークでメッセージ書いたりとか。でもそれも、相手が見るかわからなくて」

私の思い出話に、菜緒は大げさなくらいに驚いて声を上げる。

「へえ！」

その「へえ！」は、なんなんだろう。黒板にチョークって、たった一世代前なのにあまりにもアナログってことだろうか。それとも、デートする若かりし私が想像できないってことだろうか。

「それで終わっちゃう恋もあったんだろうねえ」

からりとした菜緒の口調に、私はうなずく。

「それぐらいで終わるなら、そういう縁《えん》だったたってことよ」

「へえ」

また、へえと言われた。私の恋バナには説得力がないらしい。

輝くようにフレッシュな、無邪気《むじゃき》な菜緒の隣で私は思う。

私だって。

私だって、この子ぐらいのときはモテたんだから。大学の「準ミス」に選ばれたことだってあるんだから。

グランプリじゃなくて「準」ってところが、まあ、アレだけど、でもそれぐらいのほうが可愛《かわい》げあっていいだろう。ふたりの男子学生から同時に告白されて、殴《なぐ》り合いの争奪戦になったことだってあるのだ。けんかはやめて。涙ぐみながらも、どこかでちょっぴり彼らの両方に思わせぶりな態度を取っていたかもしれない。

ああ、だけどそんな日も、もう遠い。あのふたりの男の子は、今頃どうしているだろう。ちょっとちやほやされていい気になっていた私は、大学を卒業して就職して、周囲が結婚する二十代半ばにさしかかったとたんに「彼氏いない歴」を更新し続けるようになった。魔法が解けてしまったのだと思った。あるいは、天狗《てんぐ》になっていたしっぺ返しか。

三十歳を目の前に、職場でよく顔を合わせていた他部署の雄介に誘われて、本当に久しぶりの恋人出現に私は感動してしまった。たくさんいる女性の中で、彼は私だけを好きになってくれた。もう、そのことだけで立派に、雄介と結婚する理由になった。

雄介と入籍し、すぐに菜緒が生まれて……。それからの生活はもう、菜緒が時計のようなものだ。

この二十年間ずっと、いつも、傍《かたわ》らに菜緒がいた。

物理的にべったりそばにいた赤ちゃんの頃はもちろん、菜緒が外で集団活動をするようになってからもそうだ。起きる時間、学校から帰ってくる時間、習い事に行く時間。私の一日のスケジュールはすべて、菜緒に合わせて決められていた。

ごはんやお弁当を作り、スイミングスクールやピアノ教室の送迎をし、カレンダーは学校行事や保護者会の予定で埋まった。

当然、同時に雄介の食事の支度《したく》や衣服の洗濯もしていたし、夫婦間でのいろいろもあったはずなのだが、年号を振り返るときはいつも、瞬時に「菜緒が何歳のとき」という計算をしてしまう。そしてその社会的歴史と菜緒との情景はセットになっている。

昔流行《はや》った曲を聴けば、菜緒が幼稚園のお遊戯会《ゆうぎかい》でダンスをしたなと笑《え》みがこぼれるし、かつての震災が「あれから〇年」とニュースで取り上げられれば、小学生だった菜緒を抱《だ》きしめて不安だった夜を思い返す。

雄介は仕事人間だけど、そういう意味ではまじめに働いて会社で実績を上げてきた人だ。一方、私はキャリアウーマンというタイプではなく、家事は嫌いなほうではなかった。寿《ことぶき》退職をしてからは、お金をもらうような外での仕事は一度もしていない。社会的にも経済的にも、私は雄介に守られているといっていい。ワンオペ育児の苦労がなかったとは言わないが、菜緒は小さいころから元気が良くて、成績は可もなく不可もなく、希望の短大に進み、こうして夢を叶《かな》えようとしている。

幸せな奥さん。平和なお母さん。

世間の私への評価はきっとそうだろう。ミスコンテストみたいにステージに立ってティアラを頭に載せることはなくても、この幸福な生活に文句など言ったらばちが当たる。

でも時折、心に隙間風《すきまかぜ》のようなものが吹いてくることは否《いな》めなかった。この満たされない気持ちはなんだろう。

秀《ひい》でた才能も特技もなく、これだといえる趣味さえ持っていなくて、「私」の人生が見つけられない気がするからかもしれない。

雄介の妻であり菜緒の母親である、私はいったい誰なのか。私はどこにいるのかと。


通りすがりの若い二人連れの女の子が「人魚姫、どうやって逃げてるんだろうね」と話しているのが聞こえた。

「今の人魚姫、どういう状態？　足、魚？」

「魚だったら目立ちすぎるっしょ！　歩けないし」

「匍匐《ほふく》前進ならいけるんじゃない？」

けたたましい笑い声が遠くなっていく。みんな無責任におもしろがって、人魚の話をしている。相当な注目度だ。

人魚姫、か……。

私も子どものころは、いわゆる「プリンセスもの」が好きで、そういう童話を好んで読んでいたし、お姫さまの絵を描いたり、友達とお城ごっこをして遊んでいた。

幼い菜緒に絵本を買ってやるときにも、自分の趣味嗜好《しゅみしこう》で『白雪姫』とか『ねむり姫』とかを選んでいたと思う。その中に『人魚姫』もあって、夜に布団《ふとん》に寝っ転がり、読み聞かせをした覚えがある。

六人姉妹の末っ子の、人魚姫。

十五歳になって海の上の世界を見ることが許された日、人魚姫は、船上にいた王子にひとめぼれをする。

突然の嵐の中、溺《おぼ》れた王子を必死で救って入江の砂浜まで引き上げたけれど、王子はそのあと、そこに現れた人間の女性が助けてくれたのだと思い込んでしまう。

せつなくなった人魚姫は、王子恋しさに魔女のところへ行き、美しい声と引き換えに人間になれる薬をもらう。王子が他の女性と結婚したらおまえは泡《あわ》になるのだと告げられながらも、それを承諾《しょうだく》した人魚姫は薬を飲み、足を得て王子と再会する。

王子は人魚姫を気に入って、きれいな服を着せ、いつもそばにおいていた。しかし、隣国の王女と見合いをすることになり、それがあの日、入江で出会った女性だと知り結婚してしまう。

声を失っているため、助けたのは自分なのだと言えない人魚姫に、彼女のお姉さんたちが魔女からもらってきたナイフを渡す。これで王子の胸を刺して殺せば、人魚に戻れるのだと。

人魚姫はナイフを手に、王女と共に眠っている王子の寝室に入ったが、どうしても王子を殺すことができなかった。そして彼女はナイフを投げ捨て、海に飛び込んで泡になる。

……と、まあ、おおまかにそんなあらすじだった気がする。

よくよく考えてみれば、人魚は王子の性格も知らずに、遠目で姿だけを見て恋に堕《お》ち、すべてを捨てて人間になったのだ。両想いになれる保障なんてどこにもなかったのに。

「王子って、よっぽど人魚姫の好みの顔だったのね……」

思わずつぶやいた私に、菜緒がおおまじめに言った。

「大事よ、顔は。そういう教訓の話よ」

そうなのかしら。

私はちょっと笑いながら答える。

「まあ、王子、実際に優しい人っぽかったし。叶わぬ恋だったけど、人魚姫の見る目はそんなに間違ってなかったんじゃない？」

すると菜緒は口をとがらせた。

「でもさあ、王子って、人魚姫をかわいがっていつも一緒にいたんでしょ。そんな気を持たせるようなことしてさ。ちょっとイケメンだからっていい気になってたっぷり惚《ほ》れさせておいて、あっさり別の女を選ぶとか、だめよね」

ふうっと息をつき、菜緒は黙った。

菜緒がどんな恋をしているのか、最近のことはよく知らない。そういうつらい想いもしたのかもしれない。高校までは、クラスに好きな子がいると教えてくれたり、バレンタインに渡すチョコレート作りを手伝ったりもしていたけど、短大に入ってからは男の子のことをあまり口にしなくなった。それなりにデートっぽいことはしていたみたいだし、夜中にやたら長い電話をしていることもあったから、色恋沙汰《いろこいざた》がまったくないということでもなさそうだ。ただ、なんでもかんでもすべて母親に話してくれる時期はもう過ぎたのだと思う。

「なんにしろ、十五歳の女の子の行動としてはあぶなっかしすぎるわね」

私の言葉に、皮肉めいたものを感じ取ったのだろうか。菜緒は反論する。

「でも、人魚の世界では十五歳が大人として認められてるんでしょ」

私は何も返せなくなる。「海の上に出ることが許される」というのは、つまりそういうことなのだろう。日本の人間界で、二十歳が立派な大人だと見なされるように。

「うわあ、見て」

話題を変えようとしたのか、菜緒が小声で私の肩をつつく。その目線の先をたどると、私たちの少し前を、ものすごく長いブロンドヘアの女性が歩いていた。

「めっちゃ上手に編み込みしてる。ヘアアクセも素敵だなぁ、うまく使ってるね」

背後からなのをいいことに、菜緒は失礼なぐらいじろじろとその女性のヘアアレンジがどうなっているのかに見入った。女性はアクセサリーショップに入っていく。

「銀座って、ほんとオシャレな人が多くて勉強になる」

菜緒の感嘆《かんたん》の声に、私はあらためて周囲に目をやった。

本当にそうだ。服装も髪型も、持つものも、個性的な人たちがたくさんいる。

何年も着古している白いコットンのシャツワンピースに、グレーの長袖《ながそで》カーディガンを羽織《はお》っているセミロングヘアの私。特に目立つ容姿でもなく、どこにでもいる典型的な五十代女性。人々は私のことを気にも留《と》めないし、一度見たくらいでは絶対に覚えられないはずだ。

今の私が銀座の街にひとりで逃げ込み、誰かが探してくれるとしても、人混みに紛《まぎ》れて溶け込んで、きっと見つけるのは困難だろう。

ホテルに着き、エントランスを抜けるとすぐアート展の大きなポスターが目に入った。

私は今まであまり知らなかったけど、世界中で愛されている日本人アーティストで、雄介が以前からファンらしい。ホテルロビーでの展示は二ヵ月ほどだが、今日はスペシャルなミニトークショーが行われ、アーティスト本人が登壇《とうだん》する。限定三十名のそのイベントのチケットは抽選で、雄介は運よくペア券を引き当てたのだ。

しかし彼は「菜緒とふたりで行ってきなよ。俺は、のんびりゴルフクラブの手入れしたいから」と、私にチケットを渡してきた。

菜緒が日本を離れる前日の日程で、私たち夫婦で行くのもはばかられるし、菜緒と雄介ふたりきりというのも照れくさかったのだろう。夜ごはんは三人で食べようと、昔から家族の特別な日に食事する近所の和食屋を予約してくれた。

いや、最初から私と菜緒に譲《ゆず》るつもりで申し込んでいたのかもしれない。大切な日だからこそ、母娘《おやこ》でゆっくり銀ブラしてきなよって。雄介はそういう人だ。

一時半からのトークショー開演まで、私たちはロビーの壁にパネル展示されているアートを見て回った。

色彩豊かなそのアートは写真で、あらゆる状況を切り取ったワンシーンがさまざまなアイテムやフィギュアを組み合わせて創られていた。何かを、また別の何かに見せるアイデア。牧歌的でユニークな世界の中にちょっと風刺《ふうし》が効《き》いていて、思わず頬《ほお》が緩《ゆる》んだり、立ち止まって考えさせられたりもした。すごいイマジネーションだ。

ふと横に目をやると、壁の隅《すみ》で黒縁《くろぶち》眼鏡《めがね》のおじさんがパネルに顔をつけんばかりにして見ている。ふうむ、と鼻息を立てたあと、今度はすぅっと離れて少しだけ首をひねりながら凝視《ぎょうし》した。

アート筋の人だろうか。さっき、ブロンド女性の編み込みに見入っていた菜緒と同じ目をしている。こんなふうに夢中になれるものがあるって、うらやましい。

ラウンジの前で、開場のアナウンスが入った。

私と菜緒は、受付を済ませて席につく。流れていたＢＧＭがやんだ。

ラウンジの奥にステージが設置され、壁にスクリーンがかけられている。司会の女性が出てきて、簡単な挨拶《あいさつ》と案内のあと、片手を挙げてアーティストを招いた。

袖から現れたのは、黒いシャツに黒いスラックス姿のクールな男性だった。静かにほほえみ、客席に向かって頭を下げる。

彼は観客を前にしても緊張した様子はなく、終始穏《おだ》やかだった。映像を使いながら制作の裏話や見立てのコツが解説され、トークがとてもこなれているのを感じる。時折軽いジョークが入り、会場は和《なご》やかな笑いに包まれていた。

二十分ほど過ぎたころ、司会女性が「お名残《なごり》惜しいですが、お時間ですので最後にお客様からの質問コーナーを」と言った。彼女に促《うなが》され、客席からぱらぱらっと手が上がる。

三十代半ばぐらいの女性が当てられ、席を立った。隣には、就学前と思われる男の子がおとなしく座っている。

スタッフからマイクを渡された女性は、たどたどしく訊ねた。

「子どもの発想を育てるためには、どんなおもちゃを買ってあげたらいいんでしょうか」

アーティストの彼はその質問にうなずいたあと、男の子にふっと優しいまなざしを向ける。そして母親であろうその女性に視線を戻して言った。

「既製のおもちゃがたくさんあると、それでしか遊ばないですよね。僕が子どものときは、限られたおもちゃや日用品でどう工夫するかってことを考えていたと思います。お子さんが家具をアスレチックにしたり、物に手を加えたりしても怒らないで、自由にさせてあげるのがいいと思います」

司会女性が「なるほど」とリアクションを取る。

「ご自身のアート制作も、幼少時代からもう始まっていらしたんですね！」

彼はちょっと笑った。

「そうですね。得意なことって、やれと言われなくても勝手にやってること、だと思います。親とか友達とか、まわりに誰もいなくても、人が見ていないときにやってしまうこと、それが本当にやりたいことじゃないかなと思うんです」

人が見ていないときにやってしまうこと。それが本当にやりたいこと。

その通りだ。菜緒もそうだった。

あれは菜緒が五歳のときだった。雨が強く降っていたので、少しだけ留守番をさせて近所のスーパーへ買い物に出かけ、帰宅してからぎょっとしたことがある。

菜緒の周りには、ぬいぐるみや人形がたくさん集められていた。彼女はひとり遊びで、その顔すべてに油性ペンでまつ毛を描き込んだり口を赤く塗ったりしていたのだ。

「ねえ、眉毛《まゆげ》をちょっと描くだけで、こんなに違う人になるんだよ！」

あのとき、そう言って嬉《うれ》しそうに驚いていた菜緒のきらきらした目が忘れられない。びっくりはしたものの、その表情を見たら怒れなかった。

ファッションやメイクに対する彼女の関心は年を追うごとに強くなっていったけど、あれが菜緒の「本当にやりたいこと」の始まりだったのだろう。

今ならよくわかる。菜緒は、鏡に向かって自身を飾るよりも、そばにいるぬいぐるみや人形の顔を彩《いろど》りたくて仕方なかったのだと思う。

自分ではなく、誰かをお姫様にする。

そんなふうにして輝く存在がここにあるのだ。

……だとしたら、私は、彼女を応援するしかないのではないか。

本当にやりたいことを見つけ、育て、その手につかんだ我が子を、自由にさせるのが親の務めなのではないか。

菜緒はすごい。あらためて思った。彼女の中で弾《はじ》けだそうとしている能力や可能性が、まぶしかった。

私はそれを持っていない。

娘が時計だった私の人生は、これから、どうやって時を計っていけばいいのだろう。


イベントが終わり、私たちはホテルから再び中央通りに出た。

さあ、これからどうしようか。夕食の予約までまだ時間がある。

せっかく銀座にいるのだから、思い出に残るようなことをしたい。デパートめぐりでもしようか。資生堂《しせいどう》パーラーでお茶してもいいし、鳩居堂《きゅうきょどう》で和物を堪能《たんのう》してもいい。

どこに行きたい？　そう訊ねようとしたとき、菜緒が言った。

「ちょっと、あそこで休憩《きゅうけい》しない？」

車道に設置されたテーブル席を指さしている。濃いグリーンのパラソルの裾《すそ》が、ひらひらと揺れていた。

お店もいいけど、たしかに、歩行者天国は銀座ならではの思い出になるかもしれない。

丸テーブルに四つ置かれた椅子《いす》のひとつに私は座り、向かいに菜緒が腰を下ろす。

そのとたん、私を飛び越えた向こう側を見ながら、菜緒が目を丸くした。

「え、うそ、マジで」

そして私に顔を寄せてくる。

「見て、王子だ！」

菜緒の目線をたどってそちらを向くと、はたして王子が歩いていた。さっき画像で見たままの、王子様ルック。冠《かんむり》は思っていたよりも本格的で、詰襟服の布地も上等に感じられる。

彼はふらふらと近づいてきて、私たちの隣のテーブル席に座った。そして椅子の背もたれによりかかり、大きく息をついてつぶやいた。

「潮《しお》の香りがする……」

すると菜緒が身を乗り出す。

「わかる！　銀座って、たまに海の匂《にお》いがするときありますよね。風向きによって東京湾から漂《ただよ》ってくるのかも」

ちょっと、と私は菜緒の袖を引っ張る。

この王子が何者なのか、よくわからないのだ。こっちから積極的に関《かか》わらなくたって。

菜緒のこんなところは、本当にひやひやする。

王子は菜緒のほうをちらりと見たあと、テーブルに肘《ひじ》を置き、顎《あご》に手をやった。

菜緒は私の制止にかまわず、王子に話しかける。

「ねえ、今話題の王子ですよね」

「いかにも、僕は王子だが。話題に？」

王子は首をかしげた。

人魚姫がひとめぼれするだけのことはある。

そう思わされるほど、彼は美しかった。まばたきした長いまつ毛から、ふぁさっと音がしそうなくらいだ。

菜緒が大きくうなずく。

「ええ、人魚がいなくなったって、ロブ秋村《あきむら》に話してたから」

王子はせつなげに眉をひそめた。

「……僕のせいだ」

唇《くちびる》を小刻《こきざ》みに震《ふる》わせ、王子は苦悩の涙をにじませる。

「だって、何もわからなかったんだ。彼女の苦しみに気づかずに、ただ愛していたよ」

悲しみにくれるその姿は、ハンカチを差し出したくなるほど痛々しかった。しかし菜緒は同情のかけらもなく、なにやら発見をしたかのように、そうなんだ、とひとりごちた。

「女がみんな自分に惚《ほ》れると思うほど、傲慢《ごうまん》な男じゃなかったってことか」

菜緒の言葉など耳に入らない様子で、王子は頭を抱《かか》え、声を高ぶらせる。

「ああ、そもそも僕が美形だったばっかりに……。そのせいで彼女も僕を愛してしまったんだ。僕は、あの子の大切な人生を狂わせてしまった」

それを聞いた菜緒が、ぶほっ、と吹き出した。

「あきれた、やっぱりうぬぼれ屋さんだね」

王子が顔を上げる。菜緒はたたみかけた。

「あのねえ、王子。これは私の見解だけど」

菜緒は姿勢を正し、声を強めた。

「人魚姫はたしかにあなたのこと大好きだったろうけど、ただそれだけの理由であんなに勇気出して見知らぬ世界へ行こうとしたわけじゃないと思うんだよね」

「……と言うと？」

「妹だったあの子は長い間、お姉さんからさんざん、外の世界の話を聞かされてたんだからさ。期待も希望も相当なもんだったと思うよ」

王子は菜緒をじっと見つめ、聞き入っている。

私もなんだかドキドキしてきて、王子と同様に、菜緒の次の言葉を待った。

「誰よりも憧《あこが》れがあったのよ。自分の知らない、花や鳥や、森や町に。行ってみたい、見てみたいって。そこで自由にいろんな経験をするための足が欲しいって。いろんなリスクがあることだって、初めから百も五百も承知よ。不安がなかったわけないじゃない。だけど、誰かにやれと言われたことじゃなくて自分が願ったことだから、つらいことも全部引き受けるって、それくらいの強い決意で臨《のぞ》んだのよ」

菜緒は遠くを眺《なが》めるようにして言ったあと、あらためて王子に向き直った。

「だから、あなたは悪くない。ちょっと鈍感だっただけ」

そう言い切り、菜緒は王子にすっきりと笑いかけた。

少し戸惑《とまど》ったような表情を見せたあと、王子がやんわりと笑みを浮かべる。

「……ありがとう、なんだか少し元気が出た」

王子の瞳の縁《ふち》が新しい涙で濡れたのがわかった。

気づけば私まで泣いていた。自分の涙の意味がよくわからないまま、ぐしゅぐしゅと鼻をすすっていたら、王子は立ち上がって恭《うやうや》しくお辞儀《じぎ》をした。

優雅に去っていく王子の後ろ姿をふたりで見送ったあと、菜緒はぐるりとあたりを見渡し、ニヤリとつぶやいた。

「カメラ、どこで回ってたのかなぁ。私、使われるかな」


菜緒の「見解」は、おそらくそのまま、ニューヨーク行きを決めた彼女の意志表明だったのだと思う。

ただカッコいいからって、そんな軽薄《けいはく》な気持ちではなかったのだ。本当は抱《いだ》いているはずの不安を見せないのは、何があっても乗り越えようという強い心の表れだった。

もう、引き留めたいなんて思わない。私は菜緒に、ただ全力でエールを送ろう。

菜緒とのこんな時間を与えてもらえたことに、私は感謝していた。

「お父さんにお土産《みやげ》、何か買っていこうか。銀座ウエストのリーフパイとか」

私が言うと、菜緒は「ええ？」と顔をしかめた。

「最近、お父さん、おなかが出てきたの気にしてるじゃん。お土産ならさっきアート展で買ったでしょ、それが一番喜ぶよ」

菜緒が私のトートバッグを指さす。トークショーから帰るとき、ラウンジで販売されていた作品集のことを言っているのだ。私はバッグからそれを取り出す。表紙には、アーティスト名が控えめに記されていた。田中達也《たなかたつや》。

私は無作為《むさくい》に作品集をめくってみた。両ページを使って大きく掲載されたアートが、鮮やかに目を捉《とら》える。開いた本が和光《わこう》の建物に見立てられていた。続くように並ぶ本たちもビルの群れだろう。そこには色とりどりの付箋《ふせん》がついていて、看板を表現しているのだとわかる。

見事な銀座の街の風景だ。そしてそこには、大勢の人々のフィギュアが集まっていた。見ているとみんな動き出しそうで、にぎやかな声まで聞こえてくるかのようだった。

菜緒がそのページをのぞきこみながら言った。

「田中達也さんって、こういうアートを毎日ＳＮＳにアップしてるんだよね。ほんとに毎日、毎日よ。おそるべしだよ」

それを聞いて私も感嘆《かんたん》の声が漏《も》れた。ええっ、毎日？

「こんなに素敵なものを毎日作ってるなんて、田中さんって、すごいわねえ」

私がつぶやくと、菜緒が言った。

「お母さんだって、作ってくれたじゃない」

「え？　何を？　料理とか？」

「まあ、それもそうなんだけど、なんていうか……」

私がきょとんとしていると、菜緒はちょっとはにかんだように続けた。

「毎日を、毎日作ってくれたよ」

私は戸惑った。毎日を、毎日作る？

「お母さんって、小さな観葉植物をていねいに手をかけて育てるようなところ、あるじゃない。買ってきたままじゃなくて、わざわざきれいな色の鉢《はち》に植え替えたりとか。たとえばそのシャツワンピだってさ、白い服を白いままキープするのってけっこう大変なのに、きちんと手入れして大事に長く着てるでしょ。とっても似合ってるよ」

私は自分の着ているワンピースに目をやる。

そんなふうに思ってくれていたのか。

「私やお父さんに対しても、お母さんが手をかけてくれるひとつひとつに、優しい想いが込められていて。お弁当に旬《しゅん》の野菜が入っていたり、掛《かけ》布団からお日様のいい匂いがしたり、家族写真のフォトフレームに可愛い飾りがつけられてたりね。そういうのって、ちょっとしたことなんだけど、大きなことなんだよ」

菜緒は、今度は照れもせずにっこりと笑った。

「私ね、お金とかじゃなくて、豊かさってこういうことなんだなあって、子ども心にずっと思ってた。……お母さん、ありがとう」

ぽろぽろと、私の目にも二度目の涙がこぼれて、止まらなかった。

王子に差し出したかったハンカチで、私は自分の顔をぬぐう。

人が見ていないときに、やってしまうこと。それが本当にやりたいこと。

そうか、そうだった。

そこにはいない家族を想ってしまうことも、やっぱり私の本当にやりたいことなのだ。

「私」は、ちゃんといた。

菜緒がそう教えてくれた。


中央通りのまんなかで、私は銀座の街を見回した。

行き交い、すれ違い、立ち止まり、歩いている、幾千万の人々。紛れてしまえば、自分自身さえ見失うと思っていた。今まで私は、この群れを、社会を、大きな「かたまり」のように感じていたのだ。

でも違う。

すべての人に、それぞれ違う歴史とドラマがあるのだから。

きっと私と同じように、何かにつまずき、何かに喜び、何かを求めて、何かを手にしている。唯一無二の生命の息吹《いぶき》で世界が成り立っていることを、私は初めて実感した。

開かれたページのアートが、私に訴えかけてくる。

田中さんが作り出した、銀座を歩く人々。数えきれないほどたくさんいるフィギュアの中に、ひとりとして同じ人物などいなかった。


もしも魔女が「おまえのうらやむ誰かの人生と取り換えてやろう」と言ったって、私は絶対に絶対に、この人生を手放したりしない。

私は私の、私だけの、この積み重ねてきた日々が愛《いと》おしかった。

そして、これからだって好きなペースで作っていこう。毎日、毎日を。

お気に入りの服を着て、居心地のいい部屋で。

変わらず私のそばに居続けてくれる、ちょっとおなかの出た王子様と。

涙で濡れた頬に、春風がまた吹いてくる。
この風は数多《あまた》の人々を触りながら通り過ぎ、海を渡り、地球を一周するに違いない。
自由に開かれた天国で今、カラフルな歩行者たちが街にあふれていた。

3章

嘘《うそ》は遥《はる》か

この愛は本物だと思ったのに。

神の前で永遠を誓ったのに。

互いに愛し合い続けるのは、なんと難しいことなのだろう。


そういえば今日は土曜日だった。

銀座《ぎんざ》のホテルで開催されているミニチュアアートの展示会をのぞき、中央通りまで出てきたら、車道に人があふれかえっていて驚いた。街をあげての大きなイベントなどがあったかと思ったが、考えてみれば土日と祝日、ここは歩行者天国になる。

六十歳を過ぎて定年退職した身には平日も週末もなく、そんなこともあまり気に留《と》めていなかった。

一昨年《おととし》、長年勤め続けた貿易会社から退《しりぞ》き、ビジネスマンを卒業すると、私は趣味の絵画コレクションにことさら没頭《ぼっとう》するようになった。

私は絵は描かない。うまくもない。「絵を好き」なことと、「絵を描くのが得意」なことはまったく別だ。鑑賞し、集めることに興《きょう》じている。

銀座四丁目の交差点で横断歩道を渡ろうとしたところで、鐘《かね》がふたつ鳴った。響いてくるその音のほうに、私は顔を向ける。和光《わこう》の時計塔からだ。毎時間、この時計は街の人々に正時《しょうじ》を知らせる。音の大きさも絶妙で、建物の中だと聞こえないし、外を歩いていても特に気にしていなければ耳につくということもない。私は今、たまたま和光の下にいたから気がついたのだ。

二時。

建物に備え付けられたクラシックな時計盤を見上げたあと、私はジャケットの内ポケットから懐中《かいちゆう》時計を取り出す。時刻を確認すると、一時五十五分だった。

また遅れている。

この懐中時計は機械式なので、数日おき、できれば毎日、自分でねじを巻かなくてはならない。指でりゅうずを調整し、ぜんまいを巻き上げる。一日に一、二分の誤差が出てしまい、三日ほど時刻設定を怠《おこた》っているだけで五分遅れということはよくある。しかも、ハンターケースというカバー付きのタイプで、時を確認するためにいちいち蓋《ふた》を開《あ》けなくてはならないのだ。

スイス製の高級時計メーカーのアンティークで、モノは上質だが、精度も利便性にも欠けて頼りない。この時代にこんなレトロな役立たずはもう不要だろう。

もう売ってしまおうと、このところ買い取り業者を探し回っているのだが、なかなか思うようにいかない。

私は気を取り直し、歩き出した。昨日、貴金属をなんでも高額買い取りするというふれこみの店のチラシがポスティングされていたのだ。キャッチコピーやデザインのうさんくささは否《いな》めなかったが、そこでなら高値で売れるかもしれないと、淡い期待を抱《いだ》きながらその店へと足を運ぶ。

老舗《しにせ》書店、教文館《きょうぶんかん》の前まで来ると、店に入ろうとしていたもじゃもじゃ頭の男性とぶつかりそうになった。

「失礼」

そう言われ「こちらこそ」と顔を見て、思わず足を止める。

知り合いではないが、私は彼を見たことがある。小説家の、なんといったか。

名前が思い出せない。最近、絵画にまつわる小説を刊行しており、昼の情報番組『週末あなた様』のブックコーナーにゲスト出演しているのを先週観《み》たところだ。あの髪型が印象的だったので、よく覚えている。

いや、でも違うか。似ているだけか？　わからない。

もじゃもじゃ頭はさっさと店の中へと行ってしまった。気になったので、私はスマホを取り出し、「週末あなた様　ブックコーナー」で検索してみた。一週間前の放送ゆえ、その名はすぐに出てきた。

日下部伸次郎《くさかべしんじろう》。そうだ、日下部だ。

銀座の街には芸能人や著名人もよく歩いていて、通り過ぎてから気が付くこともしょっちゅうある。しかし、プライベートだろうから声をかけないのが都会のマナーだ。相手の自尊心も考慮に入れると、ちょっとハッと見るぐらいがベストだと言える。

なんとなくそのままスマホをいじっていたら、「銀座の街に人魚が逃げた⁉」というトピックスが上がってきていた。『週末あなた様』の検索をかけたからだろう。今日の放送の冒頭突撃インタビューで「王子」を名乗る男性が現れ、ＳＮＳで話題を呼んでいるという記事にヒットした。

人魚が逃げた？　この銀座に？

まったく平和な世の中だ。そんな戯言《ざれごと》が大騒ぎになるなんて。真実だなんて思っていないからこそ、みんな面白がっているのだ。自分のことを「王子」と名乗るなんて、ただの目立ちたがり屋じゃないか。

突撃インタビューのコーナーを担当している芸人のロブ秋村《あきむら》のアップ画像が現れて、私はそれを少しだけ凝視《ぎようし》する。そしてスマホを閉じてズボンのポケットにしまい、眼鏡《めがね》のフレームをそっと上げた。

私は、ロブ秋村に似ているとよく言われる。年は十五歳ほど私のほうが上のはずだが、彼が芸人として有名になればなるほど、その頻度《ひんど》が増えた。そして「似てる！」のあとに必ず笑われるのだ。

ロブ秋村がコミカルなキャラクターだからだろう。なぜ似ているだけで笑われなければならない？　まったくもって迷惑な話だ。

私に言わせれば、ロブ秋村が私に似ているのだ。私のほうが先に生まれたのだから。不愉快なので、初対面の人に会う時や街なかに出る際には、私は太いフレームの眼鏡をかけることにした。ついでに、さらに似せないようにと髪を七三分けにしてみたら、これが妻の須美子《すみこ》にすこぶる不評であった。

……妻。

また間違えた。元妻だ。

離婚してから三ヵ月が経《た》つというのに、まだ実感がない。どうかすると、飲み会の途中で「今夜は遅くなる」などと連絡してしまいそうになる。突然訪れた変化をあっさりと受け入れるには、私たちの結婚生活はあまりにも長い月日を重ねすぎていた。三十二年。

ふたりの間に子どもはおらず、須美子は私と同じ年だが十年前に会社を自主退職してネイルサロンを起業し、今もそこそこうまくやっている様子だった。自立した夫婦として、お互い、自由にすればいい……と、思っていたのだが、離婚に至るとは、別の意味でまったくの自由になってしまった。

そんなことを考えながらぼんやりと歩いていたら、呉服屋《ごふくや》の店先にある大きな鉢《はち》が目に留まった。枝の隅々《すみずみ》まで桜の花が満開に咲いてる。

桜？　早くはないか。そう思って近づいて見ると、造花だった。よくできている。

赤いパーカーを着た女の子が、後ろからぱたぱたと走り寄ってきた。そして桜の花を澄《す》んだ目で見上げている。パーカーのフードを頭にすっぽりかぶったその姿は、小学校に上がったぐらいの年頃に見えた。ひとりだろうか。近くに大人の気配はない。

彼女は手前の花に顔を近づけた。くんくんと、匂《にお》いを嗅《か》いでいる。

造花だよ。香りまではついていまい。

しかし私は何も言わず、その場を立ち去った。彼女はフェイクの花をうっとりと鑑賞しており、真実を教えるのが良いことなのかわからなかったからだ。


地図を確認しながら進んでいくと、雑居ビルの一階にあるその店は閉まっていた。定休日なのか臨時休業なのか、せっかく来たのに。事前に電話の一本もしてくれればよかった。

立ち去ろうとして、店の脇に古ぼけた木製の小さな看板が立っていることに気づく。

「ギャラリー渦《うず》」

毛筆でそう書いてある。地下に続く階段に向かって赤い矢印のマークが描かれていた。

こんなところに、画廊《がろう》があったか。銀座の美術商はいくつも回ったつもりでいたが、今まで知らなかった。

私は迷わず階段を下りた。くるりと一周するようにして画廊にたどりつくと、鉄の扉《とびら》があった。中が見えないので若干《じゃっかん》ひるんだが、扉の隣に設置されたランプが気品のあるほのかな光を灯《とも》しており、自分の直感に任せてドアノブに手をかけた。

扉を開けるとそこは、想像以上に奥行のあるギャラリーだった。真っ白な壁に、さまざまな絵が飾られている。

油絵、水彩画、シルクスクリーン……。あえて画風もサイズも統一性を持たせず、ランダムに展示されているようだ。しかしそこには、不思議なまとまりがあった。私はそのことにまず強烈な魅惑《みわく》を覚え、その先の様子をうかがう。

画廊の中は、水を打ったように静かだ。そろりと入っていくと、グレーのスーツを着た小柄《こがら》な老人が立っていた。藍色《あいいろ》のネクタイが、首元にきっちりと締められている。

そしてその隣にはカウチ椅子《いす》があり、長髪の若い男性が脚を組んで座っていた。ヨーロッパ貴族風の白い豪華な衣装で、頭には王冠まで載っているので目をむいた。

椅子のそばに置かれたチェストには、いかにも高級そうなシャム猫のオブジェが鎮座《ちんざ》している。なんだ、これは。何かの催《もよお》し物の会場だったか。

あわてて出て行こうとすると、老人が言った。

「いらっしゃいませ。絵をお探しでしょうか」

「……あ、いや、その。どんな絵があるか、見に来ただけで」

「ようこそ、ギャラリー渦へ。ワタクシがこのギャラリーの画商です」

画商はていねいにお辞儀《じぎ》をし、入口に置いてあった小さな丸テーブルへと私を案内した。

「こちらにご記名を」

テーブルの上には、開かれたノートとボールペンがある。彼は腰が低く礼儀正しかったが、有無を言わせない圧も備えていた。

ノートの一行目には、「王子」と書かれている。

「王子？」

私は声に出して言った。

この王冠の男のことか。まさにこの恰好《かっこう》は王子だが。

私は笑いをこらえながらペンを執《と》る。

渡瀬《わたせ》昇《のぼる》。正直に本名を書いた。

住所の欄は何も書かずペンを置いたが、特に何も言われない。

「王子」は長い脚を組み替えながら、リラックスしている様子だった。

おかしなヤツだ。関《かか》わらないほうがいい。

彼らに背を向け、絵を見ようとして、ふと気づく。

王子。『週末あなた様』で、突撃インタビューを受けた王子？

あの目立ちたがり屋のお騒がせ野郎か。

「ああ、今、話題になってる……」

私が思わず振り返って半笑いになると、王子ではなく画商が答える。

「ええ、話題の、『人魚姫』の王子です」

人魚姫だって？　私は吹き出した。

「『人魚姫』って、アンデルセンの、あれですか。あの、助けてくれた人魚とよその国の姫を間違えたっていう」

私の言葉に、王子は突然、悲しげに顔をゆがませた。

「僕は、間違えてなんかいない……！」

「そうでしたっけ？　それが悲劇の始まりだったんじゃ？」

すると王子は、うわあっと声を上げ、頭をかきむしりながら泣き出した。

私はぎょっとして後ずさりの体勢になった。なんだ、こいつは。

まさか泣かれるとは思わなかった。私は単に『人魚姫』のストーリーの記憶をたどり、なにげなく口にしただけだったのに。

私の対応が間違っているのか？　この意味不明な「なりきり王子」に遭遇《そうぐう》した際、正気のこっちはどう接するのが正解なのだ？

画商が王子をなだめる。

「まあまあ。渡瀬さんは、あなたを責めたわけではありませんよ」

私も急いで、そこに声をかぶせた。

「そのとおりだ、責めてなんかいない。そんなの被害妄想《ひがいもうそう》だ」

須美子のことを思い出す。私は普通に会話しているつもりなのに、彼女も時々、この王子のような反応を見せることがあった。そんなこと言うなんてひどい、あなたにはデリカシーがないって。自分ではよくわからないが、やっぱりそうなのかもしれない。

泣き続ける王子の背に、画商がそっと手を置いた。

「せっかく少しお元気になられたところでしたのにねぇ……。どうぞ気を落とさずに。まだ二時になったところですよ、五時までお時間がありますから」

ふと顔を上げた王子は、「あと三時間か……」とつぶやいた。

そしてすくっと立ち上がり、天井《てんじょう》に向かって叫んだ。

「……ちくしょう、アンデルセンめ！」

王子は勢いよく画廊を飛び出していく。私は彼の長い髪の毛が揺れるのをぽかんと見ていた。

「なんですか、あれは」

春の陽気にうかれた酔狂者《すいきょうもの》か。まともに相手なんかするんじゃなかった。

首をひねる私に、画商が真顔《まがお》で言った。

「悲しい想いをされているのでしょう。アンデルセンは、優しい文体でずいぶんとむごいことを登場人物に突き付けますからな」

どうやらこの画商は、あいつが『人魚姫』の王子だという設定を押し通そうとしているらしい。私はあきれかえって言った。

「自分がつらいのは、作者が悪いと？」

しかし画商は無表情で訥々《とつとつ》と語り出す。

「人間も同じではないですか。苦しいことがあると、どうして神はこんな試練を与えるのだと憤《いきどお》る。神の創作したシナリオで人生を動かされていると思っていたほうが、きっと納得がいくのです。あの王子もそうでしょう。つらいことはみんな、作者であるアンデルセンのせいだと嘆《なげ》けば腑《ふ》に落ちる」

画商はそこまで言うと、少し遠くに目をやった。

「王子は、誰のことも傷つけたくなかったのです。『人魚姫』のお話に出てくる人物は皆そうです。ひとりとして悪意など持ってはいなかった」

「いや、恐ろしい魔女がいるじゃないか」

「魔女にしたところで、要望を叶《かな》えるために公正な取り引きをしたまでです。やりかたが乱暴ではありますが、だましたわけではない。それどころか、人魚姫のお姉さんたちに依頼されて人魚に戻るための救済措置《そち》まで考案している。なかなかの凄腕《すごうで》ですな」

くだらないと思いつつも、それは興味深い着眼点だった。私はいつしか、少し前のめりになって画商の話を聞いていた。

「でも人魚姫も、一度は王子を殺そうとしたわけでしょう。眠っている王子のところにナイフを持って行ったんだから」

童話だというのに物騒《ぶっそう》な話だ。私はずっとそう思っていた。

ナイフを捨てて泡になった人魚の行動が美談になっているのが、どうも解《げ》せなかった。彼女は特に善《よ》いことをしたわけではない。

画商はこくりとうなずく。

「さよう。ナイフを手にした人魚姫の迷いと葛藤《かっとう》があったからこそ、人々はあの物語に共鳴《きょうめい》したのです」

なるほど、それは説得力があった。確かに、人魚姫が最初から「そんなことはできない」とナイフを受け取らず身を引くだけだったら、あの童話の面白さはきっと半減してしまうだろう。

単純な美談などではないと、初めて思えた。あのシーンが我々に教えるのだ。ひとりの人間の中に清濁混合《せいだくこんごう》の複雑な感情があり、常にその中からいずれかの自分を選び取りながら生きているのだと……。

感動さえ覚えたあと、はたと我に返った。

こんなところで私はいったい、何の話をしているのだ？

そうだ、絵を。絵を見に来たのだ。もういいかげん本題に入ろう。

私は画廊の中をあらためて見回す。

「しかし、こんなところに画廊があったとは、知らなかったな」

「基本的には、週末と祝日だけのオープンなので」

画商がそう答えたとき、チェストの上で、シャム猫が少し伸びをした。仰天《ぎょうてん》して腰を抜かしそうになった。置物だとばかり思っていたが、本物だったのか。

シャム猫はちょいと前足で顔をこすり、美しい猫だ。まるで、作り物みたいに。

画商は猫の首元をなでたあと、すぐそばの壁に掛けられている一幅《いっぷく》の絵画を指さして言った。

「今日は、絵から出てきてしまったみたいでね」

西洋人のふくよかな女性が、長椅子に腰かけて編み物をしている油絵だった。

「いつもは、このご婦人のそばでしれっと座っているのですが。たまにあるんですよ、こういうことが」

猫が絵から出てくるだって？

つまらぬ冗談だ。そう思いつつ、ふるっと鳥肌《とりはだ》が立った。

画廊の中はひんやりとしており、私はにわかに落ち着かない気分になった。しかし、そこには妙《みょう》に胸の奥を掻《か》き立てられるものがある。薄暗い洞窟《どうくつ》の中を探検したくなるような、不安と好奇心。他に客はいない。私はゆっくりと歩き出す。適度な距離を置きながら、画商が後ろについてきた。

入口の展示と同様に、画廊全体、作品のジャンル分けはしていないようだった。時代も画家の国籍も手法もあちこちに飛んでいて、奔放《ほんぽう》ともいえる散らばり方だったが、どうしてなのかそれが妙な安定感を醸《かも》し出している。

おもしろい。

まるで、絵のほうが好きな場所を選んでそこにいるかのような、自由なのびやかさだ。

私は一点一点の絵を、黙って心ゆくまで味わった。

素晴らしい作品ばかりだ。惜しむことなく絵具を使った油絵の大胆《だいたん》な筆のストローク。光の表現が織りなす立体感。ああ、この絵は背景のごくごく細かなところまで手を抜かずに描き込まれている……画家の絵に対する愛だ、愛。

ぐっと近づいたり、すっと離れたり、距離を何度も変えながら私は絵と向き合っていく。物言わぬ芸術作品は、こちらが関心を持って見れば見るほど饒舌《じょうぜつ》になるのだった。

そんな中、私がある絵の前で立ち止まり、じっと目をこらしていると、画商はいつのまにかすぐ隣にいて説明を始めた。淡く滲《にじ》んだ青い抽象画だ。

「お目が高い。こちらの画家はU-ku《ユーク》さんといいましてな、注目を集めている新鋭の水彩アーティストでございます」

明暗のコントラストが美しいブルーの中で、ゴールドが跳《は》ねるように飛んでいた。よく見てみると、中央に小さな小さなサイズの女の子が立っている。絵本を開いたようなあたたかさの中に、ひとしずくの寂寥《せきりよう》を感じた。

私はひとつ、深呼吸をする。

やはり、絵画鑑賞はいいものだ。ゆったりと心が豊かになっていく。

海の底にも見えるブルーに、身を清められた気がする。その余韻《よいん》にひたりながら、私は次の絵に顔を向けた。五十センチ四方ほどの、小振りの水彩画。そこには、一面の桜並木が描かれている。

「ああ、これは」

私はその筆づかいに思わず口角《こうかく》を上げた。

プレートには、ジャック・ジャクソンの名。タイトルは『Sakura』とある。

オーストラリアの人気水彩画家だ。私も、彼の作品は一枚持っている。桜並木とは、親日家である彼らしいテーマだった。日本に滞在して描いたのだろうか。欲しいと思ったが、売約済みのシールが貼《は》ってある。購買者が受け取りにくるまでの展示だろう。

「渡瀬さんは、本当に絵画がお好きなんですなあ。お気に召した絵の前では、大変いい表情をされている」

画商が嬉《うれ》しそうに言った。

「ええ、そりゃ、もう……」

見るのが好きなだけなら、よかったのかもしれない。しかし、手に入れたいという想いが募《つの》り始めてからは、まずい方向に傾いてしまったきらいがある。魅力的な絵に出会うと、なにがなんでも自分のものにしたいと思ってしまうのだ。血管がふくらんでいくようなこの衝動的な感覚は、どう言ったらいいのか。

須美子に浴びせかけられた言葉が、不意によみがえってきた。

「いいかげんにして」

定年退職後、増え続ける絵画のコレクションに須美子がいい顔をしなくなったのはいつの頃からか。両腕で抱《かか》えなくてはならないほど大きな絵を持ち帰ったある日、金切《かなき》り声をあげて彼女は言った。

「部屋中、私にはわからない絵ばかりよ。これ以上増えていくのはたまらないわ。この家があなたの絵に汚染されていくのはもう、うんざり」

あなたの絵。私が描いたわけではないが、私が気に入って購入したのだから「私の絵」にあたるのだろう。「絵を所有したい」という欲望は、そんなにおかしいだろうか。須美子だって絵が好きだったではないか。「汚染」などと言われて憤慨《ふんがい》した私は、むしろ反発したくなってしまった。

私は以前にも増してギャラリーを練《ね》り歩き、地方にまで出かけるようになった。絵が欲しかったのもあるが、家にいたくない気持ちも芽生《めば》えていた。

老後を夫婦で楽に暮らせるだけの貯蓄はあるはずだったが、私が自由に使える金は目減《めべ》りしていった。

そしてあるとき、ふたりで貯《た》めていた積立貯金に手を出してしまった。

私は他に個人の定期預金があったし、投資運用もしているから、持ち金を使い果たしたわけではない。ただ、そちらはすぐに動かせなかったので、一時的にこっそり引き出して後から戻しておくつもりだった。

しかしそれは、あっというまにバレた。

須美子は目を血走らせて怒り狂い、私にありとあらゆる罵声《ばせい》を投げかけた。

今回のことだけではなく、普段の素行《そこう》や、彼女が気に障《さわ》るクセや、過去の小さな失敗までさかのぼって取り沙汰《ざた》され、ねちねちと言及《げんきゅう》されて私は謝るきっかけを失った。

「うるさい！」

鳴りやまない騒音に対して、気が付いたらそう叫んでいた。

須美子は一瞬、大きく目を見開いた後、声を震《ふる》わせた。

「……最低ね」

離婚よ。

そう言われて、望むところだと答えてしまった。売り言葉に買い言葉だ。

長い結婚生活の中で、夫婦の危機は何度かあった。離婚という言葉を須美子が口にしたのも、初めてではなかったと思う。私のほうだって、これまで彼女に対する不満や鬱憤《うっぷん》はたまりまくっていた。ただ、お互いにカッとなって言い争いをしても、暮らしの中でうやむやになって、いつのまにか気まずさが薄れているのが常だった。それが夫婦だし家族というものだ。少なくとも、私はそう思っていた。

けれど今度ばかりは違ったらしい。翌日の夕方にはもう、記入欄の半分がきっちりと埋まった離婚届が用意されていた。

リビングのテーブルで向かい合い、彼女の筆圧の強さに私はうろたえた。

謝罪するなら今だ。

私が悪かった。須美子が嫌がることはしないし、絵は買わない。なるべく。

しかし言えなかった。鋭いピンのような言葉で、先に心を刺されたからだ。

「私たち、もう決定的にだめだと思うの」

須美子とは、二十代の頃、私が勤めていた会社の創業記念パーティーで出会った。彼女は海外の化粧品メーカーで働いており、若くして役職に就《つ》いていた。取引先でもあったがそれまで面識《めんしき》はなく、会場でひときわ目立つ深紅《しんく》のワンピース姿に心を奪われ、思わず私から声をかけたのがきっかけだ。

出会った頃は、お互いがお互いに夢中だった。好きなものが似通っていた。美術品を鑑賞し、贅《ぜい》を尽くした食事を楽しみ、海外旅行にもよく出かけた。

結婚式は、伝統ある神社で神前式をしたあと、都内のホテルのレストランを貸し切って披露宴をした。一緒にプランを練るのはとても楽しかったし、それはふたりの趣味嗜好《しゅみしこう》がぴったり合うことの確認にもなった。

運命の人を見つけた。私も須美子も、そう思っていた。

婚姻届を区役所に出したとき、須美子は「昇さんと素敵な老夫婦になるのが夢」と言ってくれた。人前でなければ抱《だ》きしめていたところだ。あのとき彼女が見せた笑顔の可愛《かわい》らしさを、私は今も忘れることができない。

あれから三十二年、婚姻届とは似て非なる一枚の紙を前にした須美子の表情はまるで壁のようにのっぺりしていて、一秒たりともほほえんではくれなかった。

正面から私を見つめ、ぞっとするほど穏《おだ》やかな口調で彼女は淡々《たんたん》と語り出した。

「離婚するデメリットだって、考えたのよ。この歳《とし》で今さらひとりになって、何かあったときにどうするんだろうって不安にもなったわ。でも、何かって、なにかしら。私が胃腸炎で入院しているとき、あなたは一度の見舞いにも来ずに絵のオークションに出かけて行ったわ。私が起業して成果を出しても、あなたは、ふうん、ってそれしか言わなかった。

私ね、もう、つらいことも嬉しいことも、あなたに話したいと思えないの。あなたに何かしてほしいとか何かしてあげたいとか、何かを一緒にやりたいって思えないの。一番好きだった人を一番嫌いになっていくのが、すごく悲しくてしんどいの」

台本でも作ったのだろうか。須美子の声は淀《よど》みなく、するすると言葉が運ばれていく。

「それでも、これまで三十年以上もふたりで暮らした歴史の重みや、あなたにもいいところがあるっていう自分の中のデータが私を踏みとどまらせていたんだけど」

少しだけ息を吐き、須美子は続けた。

「私が本当に、ああもうだめなんだなって悟ったのは、あなたが積立貯金に手をつけたこと自体よりも、罪悪感もなく逆ギレされたことよ。人と人を繋《つな》ぐのは結局、愛とか恋より、信頼と敬意なのよ。うるさいって、あのひとことが、私たち夫婦の試合終了ゴングだったんだと思う」

私は何ひとつ言葉を返せなかった。彼女が冷静であればあるほど、本気なのが伝わってきたからだ。

「もっと若いころは、あなたとの遠い未来が大事だと思えた。だから、どんなことがあってもそのつど乗り越えようとしてきたわ。でも今の私は、一日一日を気持ちよく過ごせることのほうが大事。若くはないからこそ、これからの人生で、普段の日々を楽しく味わっていくことのほうが大事。このままお互いの存在をストレスに感じながら生活していたら、むしろ何かが起きてしまいそうでこわい」

それでようやく理解した。

彼女は部屋にあふれていく絵画がイヤなのではない。私のことがイヤだから、絵画さえ禍々《まがまが》しいものに見えてきたのだと。私たちは、いきなりではなく、長い時間をかけてじわじわとだめになっていったのだと。もうすでに、彼女にとって私との夫婦生活はすっかり過去になっていて、再構築できないところまできていることが明白だった。

「あなたの妻でいる必要性が、わからなくなってしまったの」

あなたの妻。その言葉が、急にずしりと痛かった。

私は須美子の顔をじっと見た。

年をこれだけ重ねても、今こんな事態になっても、やはりあらためて美しい女だった。交際していたとき、私は、彼女を「所有したい」と思ったのかもしれない。

それで結婚をした。しかし、人は誰のものにもならないのだ。よくわかった。

「そうだね、まったく同意だ。離婚するのがお互いのためだと思うよ」

私も須美子に倣《なら》って感情を込めずにそう言い、ボールペンを手に取った。

あの場面が、いつまでも頭にこびりついて離れない。

どこでどう間違えてしまったのだろう。私が積立に手を出さなければ離婚とまではいかなかったのだろうかとも思ったが、そのずっと前から、お互いの心が離れるような出来事はたくさんあった。

そもそも結婚したことが……いや、出会ったところから間違いだったのか……。

私は勢いよく頭を振る。

ああ、もう過ぎたことなのだから忘れよう。一刻も早く。なかったことにするのだ。これからは気兼ねなく絵を買い、自分の好きなように暮らせるのだから。

苦々《にがにが》しい気持ちを払拭《ふっしょく》するように絵を見て回り、つきあたりまでたどりついた。そこには二人掛けの赤いソファが置かれ、応接スペースになっているようだった。

ソファと向かい合わせの壁に、大きな絵画が飾られている。

くすんだ金色の額縁《がくぶち》に収められ、丁重《ていちょう》に飾られた作品を見て、私はハッとした。作品につけられた小さなプレートには『Song of Love』とだけ書いてあり、作者名も価格も表記されていない。

上半身が魚、下半身が人間のふたりが、平たい岩の上に座り、空を見上げるようにして寄り添い合っている。その姿は、多くの人々が想定するビジュアルとはさかさまにせよ、これはこれで「人魚」だった。性別はよくわからないが、恋人同士に見える。作品名から、彼らはきっと「愛の歌」を口ずさんでいるのだろうと思われた。

彼らの背景には青空と海があり、海原を切り抜いたような帆船《はんせん》が浮かんでいた。

私は、有名なその作品を知っている。ルネ・マグリットの『Song of Love』。邦題《ほうだい》は『自然の驚異』だ。

興奮のあまり、額に汗がにじんでくる。息ができないほどに心が震えた。しかし、あんな巨匠の原画なら美術館に収まっているだろう。レプリカにしてはよくできている。

「これは……」

私がちょっとためらいがちに問いかけると、画商は答えた。

「ああ、それはこの画廊の所有品で、売り物ではありません」

「まさか、本物ですか」

冗談のつもりでそう言ったのに、画商は眉《まゆ》をぴくりとも動かさず即答した。

「ええ、本物です」

私は目を凝《こ》らす。しっかりと油絵具がのせられている。プリントではないことは確かだったが、疑わしい話だった。

私は本物の『Song of Love』をこの目で見たことがある。妻とのハネムーンで行ったシカゴ美術館で。

「こんなところにマグリットの原画があるはずないのでは」

贋作《がんさく》ではないのか。その言葉を遠回しにして伝えると、画商は不敵《ふてき》な笑《え》みを浮かべた。

「人間の作るものなんてね、全部、嘘《うそ》ですよ……」

は、と私は動けなくなる。画商はゆったりと続けた。

「嘘と、ニセモノは違うのです。私たちは、嘘に助けられながら、遥かなる虚構《きょこう》を生きている。嘘の本当というものがあるんです」

嘘に助けられる……？

愛の歌を口ずさむ「ふたり」を見ながら、私はハネムーンのときのことを思い出さずにいられなかった。あのとき、この絵の前で須美子と並び、幸せな気持ちになったものだ。世界中にふたりしかいないと思っているような、そのことに満足しているような人魚カップルは、まさに私たちだった。自分は壮大なラブストーリーの主人公のような気がしていたのだ。これから先に、途方もなくキラキラした未来が待っていると信じて。あの思い込みこそが虚構だったのだろうか。

画商は静かに笑った。

「しかし最後までわからないものですよ、物語というものはね」

心を読まれたような気がして、私は顔をしかめる。どうも、この画商と話していると調子が狂う。

実際、今の私には、この絵は打って変わって物悲しく見えた。長い時を経てふたりはかちかちの石像になってしまい、幸福そうな遠い帆船は幻《まぼろし》にしか感じられなかった。永遠など誓っても、愛とはしょせん不安定で不確実なものなのだと思わされた。しかしむしろ、そのことも含め深みが増し、いやがおうにも惹《ひ》かれてやまない絵だった。

「……贋作だとしても、よくできている。本物そっくりだ」

するとと、背後から突然、しわがれた声がした。

「やだ、昇じゃないか」

振り向けば、紫色のロングワンピースを着た老婦人が目に飛び込んでくる。その老婦人は、私の叔母《おば》だった。あまりにも予想外な出現に、私は驚きの声を上げた。

「どうしてここに」

「それはあたしのセリフだよ」

プリーツのいっぱい入ったワンピースの裾《すそ》が揺れた。

叔母は、私の父の弟の妻にあたる。なので私とは血は繋がっていない。しかし、口は悪いが面倒見《めんどうみ》は良く、どういうわけだか私のことは子どもの頃から特別に目をかけてくれていた。あまり親戚付き合いを好まない私も、なんだかんだと叔母との交流は続いている。

「お待ちしておりました」

画商が叔母に恭《うやうや》しくお辞儀をした。叔母がこの画廊の客だったとは。

「今日はまた、素敵なお召し物で」

画商に言われて、叔母が唇《くちびる》の端《はし》を上げる。

「いいだろ、これ。店で試着したら、よくお似合いです、女王様みたいですって店員に言われてさ、買っちゃったよ」

このワンピースなら、彼女が着ているのを何度か見たことがある。気合を入れた外出時によく好んでいる、ISSEY MIYAKEの一張羅《いっちょうら》だ。しかし、紫一色に包まれた叔母は、女王というより魔女に見えて、私はぷっと吹き出す。

叔母は眉をひそめる。

「なにがおかしいんだよ？」

「いや……。いや、さっき、王子がここにいたから、思い出してつい」

「王子？」

「うん。人魚が逃げた、って世間で話題になってて。王子が探してるんだってさ」

「女に逃げられたのはあんただろ」

あまりにもストレートな毒舌《どくぜつ》に、うっかり笑ってしまった。肩の力が抜けて、そんな自分に少し安堵《あんど》する。同じ状況でも、深刻に捉《とら》えられるか、こんなふうに笑いに変えてもらえるかで、物語は違うものになるのだ。

ふと、先ほどの王子との会話を思い出した。今さらながら、やはり私は彼に失礼なことを言ってしまったと思う。

悲劇の始まり、なんて。王子には王子の言いぶんがあるだろうに。

叔母は片手を上げ、問いかけてきた。

「あんた、あれ、どうなった？」

「……ああ、これな……」

私はジャケットの内ポケットから懐中時計を取り出した。

これを売ろうと決めたとき、どこか良い買い取り業者がないかと叔母に相談したら、それは知らないが良い日取りを占いで調べてやると言われた。叔母は占い師なのだ。そしていくつかの占術を組み合わせながら、彼女は助言してくれた。

「取り引きは慎重にね。冷静に強気で。足元を見られないように、どんと構えることさ。でも、あんまり過度な期待をするんじゃないよ。高値で売ることはできない、とも出てる」

「安値では困るな」

私は続けて言った。

「相当な値の張る、一点もののヴィンテージなんだ。それに……」

婚約の際に、須美子が結納《ゆいのう》返しとしてプレゼントしてくれたのがこれだ。

受け取ったときは、我が妻はなんと素晴らしいセンスの持ち主だろうと感動した。銀製の蓋には美しい唐草《からくさ》模様が彫刻されている。時計文字盤はいたってシンプルなギリシャ数字でそれがまた見やすかったし、その上をめぐっていく針のデザインがとてもしゃれていて、互いの良さを引き立てていた。

バーカウンターでグラスの脇に置いておくと、自分が粋《いき》な男に見えるような気がして嬉しかった。いろいろな国への旅行にも持って行ったし、常に傍《かたわ》らにいて私が時刻を見るのと同時に時計も私のことを見ていた。思い出がたくさん詰まっている。

私が口ごもっていると、叔母にぴしゃりとたしなめられた。

「あのねえ、それはあんたの懐古《かいこ》の問題だろ。市場の商品として価値があるかどうかには、関係ないんだよ、そんなのは。本気で手放すなら注意しな」

そう、この時計はもう、手放すべきだった。絵画コレクションを楽しむためにも、本気を出さねばならない。

元妻が買ってくれた品を未練《みれん》がましく持っていたって、惨《みじ》めったらしいだけだ。こんなものが手元にあるせいで、どうしてもいろいろなことを思い出してしまう。だから私はいつまでもくすぶったまま前へ進めないのだ。これでは離婚した意味がないではないか。

そして私は、叔母が指南《しなん》してくれた日にちに、家から一番近い買い取り業者を訪れたのだが、けんもほろろだった。ろくに鑑定《かんてい》もせず、ジャンク品扱いされたのだ。

モノというのは、買うよりも売ることのほうが何倍も難しい。

一番の失態《しったい》は、私がこの時計の保証書をなくしてしまったことだ。時計本体にメーカーの名前がしっかり刻印《こくいん》されていても、本物かどうか判定しかねるので値がつけられないと言われた。保証書なんて紙きれのほうが、むしろ偽造などたやすいのではないかと私は納得がいかなかった。

叔母の言うとおり、慎重に、冷静に強気で、どんと構えていればその後の展開も変わったのかもしれないが、私は交渉もしないで「じゃあ、もういい！」と店を出てしまった。

それからいくつかの店をあたってみたが、対応はどこも同じようなものだった。

叔母に電話してそう告げると、叔母はけんけんと怒り出した。機嫌の悪いタイミングだったらしい。

「だから言ったでしょ、取り引きは慎重にやりなさいって。なんであんたはそんなにダメなのよ？　懐古の問題だからね、懐古の！」

しかし、翌日になって、しょんぼりした様子の叔母から電話がかかってきた。

「昨日は、きついことを言って悪かったよ……。また何かあったら協力するから」

妙に優しい言葉をかけられて、具合でも悪いのかと心配になった。

しかし、今日の叔母は元気そうだ。なにやらハイテンションでまくしたててくる。

「実は、こないだの月曜日に不思議なことがあったんだよ。ほら、あんたが電話してきたあの日だよ。銀行で五十万円をおろしてね、ハンドバッグに入れていたんだけど、家に帰って見てみたら封筒ごと忽然《こつぜん》と消えていたのさ。バッグはずっとしっかり持っていたし、誰かとぶつかってスリに遭《あ》ったような記憶もない。それで我が身を振り返ったんだ。ここ最近のあたしは、仕事がどうもうまくいかなかったり腰が痛かったりしてイライラしっぱなしで、誰かれ構わず当たり散らしているようなところがあった。これはきっと、神様のお叱《しか》りに違いないって」

　叔母は両手を合わせ、潤《うる》んだ目で言った。

「それで、あたしは祈ったのさ。神様、改心します。夫にも娘にも甥《おい》にも客にも、すべての人に優しくするようつとめます。ですからあの五十万円を、返してくださいって」

「……ほう」

「そしたらさっき、交番から電話がかかってきたんだよ、落とし物として届いたって。私が届け出ていた銀行の封筒だったことと、明細票の日付やら店番やらが合致していたんで、ちゃんと受け取ることができた。やっぱり、事実を証明する紙きれは大事だよ、昇。あたしは確信したね、やっぱり神様と通じてるんだって」

　私は想像した。

　おおかた、急いでスマホを取り出したはずみに封筒が道に落ちてしまったとか、そんなところだろう。それを通行人が拾って交番に届けてくれた、それまでの話だ。

　不思議な現象やオカルトの大半は、単純な思い違いや自分のミスだと私は思っている。現実など、そんなもんだ。けれど叔母は自分の壮大な妄想を信じていてずいぶん楽しそうだから、それでいいのかもしれない。実際がどうであれ、それが彼女にとっての真実なのだから。

　そう考えると、他人の人生なんてぜんぶ虚構のような気がする。全員が全員、自分ひとりにしか見えない世界を生きているのだ。

しかしネコババせず交番に届けてくれた人がいたとはラッキーだったといえる。そんな人格者に拾わせたのは、やはり神の采配《さいはい》かもしれない。

叔母は画商のほうに向きなおった。

「さあ、心置きなくあの絵を買わせていただくよ」

画商は一礼した。

「かしこまりました。お持ちしますので、こちらで少々お待ちください」

彼が去っていくと、私と叔母はソファに腰かけた。

「まだ落ち込んでいるのかい？」

平《たい》らかにそう言われて、私は黙る。

「うまくいかなくなったふたりっていうのはね、一緒にいるときはイヤなことばかりが目について、いざ別れるとなったら案外、いい思い出ばかりが浮かんでくるものさ」

叔母は淡々と言ったあと、少しだけ私に顔を向けた。

「でも、イヤなこともいいことも、それぞれに本当のことだろ?　だったら、一緒にいるのも別れるのも、どっちを選んでも間違いじゃないんだよ」

それぞれに本当のこと。

あの画商のようなことを言う。

「大丈夫。顔を上げて、元気でおやんなさい。『×』って書いてバツイチっていうけどね、バツじゃなくて掛けるって読めばいいんだよ。失敗のペケじゃない、経験の掛け算さ。これからもっともっと、味わい深い人生になる」

不覚にも、涙がこぼれそうになった。経験の掛け算。

間違っていたのではなくて。悪いことが起きたのではなくて。

そこに画商が絵を運んできた。私は急いで目の際《きわ》をぬぐう。

「こちらでしたな」

ローテーブルの上に置かれたのは、ジャック・ジャクソンの『Sakura』だった。あの売約済の購買者は、叔母だったのだ。

まるで匂い立つような桜並木の風景画。叔母は満足そうに、その絵にほほえみかける。

「ああ、いい絵だ」

その言葉に、画商がこくりとうなずいた。

「では、梱包《こんぽう》いたします」

画商はクラフト紙で絵を包み、厚紙の外装箱にそっと収めた。金銭のやりとりの後、さらに大型紙袋に入れたそれを叔母は受け取る。そして去り際、私に向かって明るく言った。

「あんたの星まわりで言うと、来年の夏あたり、ぐっと運気が上がってくるから。今年どれくらい精進するかが勝負だよ、何事も！」

私は頬《ほお》をゆるませる。

そう言われたら、本当にそうなる気がした。何の根拠もない、非科学的な話だとわかっていても。

「来年の夏が楽しみですな、渡瀬さん」

画商が腹のあたりで手を組みながら言った。私は笑う。

「占い師の言うことなんか、どこまで信用していいのやら。だいたい、運命が決まっているかどうかなんて」

すると画商は首を傾ける。

「占いもばかにはできないものですよ」

「えっ」

「アンデルセンは十四歳のとき、有名な人になりたいと願い、田舎町《いなかまち》から都会に出ようとしたそうです」

「アンデルセン……」

またそんな話に戻るのか。

私はぽりぽりと額を掻きながら、仕方なく画商の話に耳を傾ける。

「ひとりでコペンハーゲンに行きたいと申し出たのですが、母親は猛反対。しかしアンデルセンがあまりにも熱望してきかないので、母親は近所に住む物知り婆《ばあ》さんのところに相談に行ったんですな」

「物知り婆さん？」

「ええ。まじないやら予言やらしていたようで、母親は悩みがあると彼女にいろいろと訊《き》いておりました。するとこの物知り婆さんが、コーヒーとカードの占いで『あんたの息子さんはえらい人になりますぞ』と言ったのです。それで母親は泣く泣く承諾《しょうだく》したのだとか」

コーヒーとカードの占いで？

泣く泣くにせよ、それで母親が納得してしまうとは。たわごとだと思いつつ、またもや画商の話に引きずられていくのを感じながら、私は驚いて訊《たず》ねた。

「その物知り婆さんが、アンデルセンの未来を言い当てたということですか？」

「結果的には。しかし、彼女がこの子は田舎にいたほうがいいと答えていたら、あの数々の名作たちが誕生していたかどうかわからない。つまり、物知り婆さんが予言したというより、そちらの方向に誘導したという解釈もできます」

なんだか、頭がこんがらがってきてしまった。

糸をほぐすように考えていたら、ふと口から言葉がこぼれ出た。

「……それも込みで、すべて、運命……なのか」

さらにたどれば、アンデルセンの母親が物知り婆さんに相談したところから、もうすでに運命に定められていたことなのだとすれば辻褄《つじつま》が合う。

それなら、私が須美子と出会ったのも、結婚したのも、離婚したのも、最初からすべて決まっていたと思えば多少気が楽にはなった。叔母のところに客足が途絶えないのも理解できる。悩んでいるときは皆、見えない何かにそう言ってもらいたいのだ。過去に起きたことも、未来に待っていることも、すべて人間には操《あやつ》れない自然現象なのだと。

——自然の驚異。

マグリットの『Song of Love』の邦題が、そんな謎《なぞ》めいた言葉であることを思い出す。

私はあらためて絵を見上げた。考えてみれば、この人魚たちの関係はどのようにも受け取れる。恋人、夫婦、親子、兄弟姉妹、師弟、友人……。

一見して男女のようなふたりのフォルムとタイトルから、安直に恋人だと感じてしまっただけだ。しかし、それを証明する手立ては何もない。

世間が私たちを「本物」の夫婦として認定してきたのは、「戸籍《こせき》」という保証書だった。婚姻届で家族になり、離婚届で他人になった。

ふたりの肉体は、細胞ひとつ変わらないのに。

シャム猫が音もたてずにこちらへやってきた。

画商の足元でうずくまるのを、彼はそっと見やる。

「おっしゃるように、それを運命と人は呼ぶのでしょうな。すべてが神に定められたことなのだと。その真偽《しんぎ》は誰にもわからない。……しかし、ひとつはっきりしているのは」

すくい上げるようにして猫を胸に抱き、画商は言った。

「コペンハーゲンへ行くと熱望したのも、あのたくさんの作品を書いたのも、神ではなくアンデルセンである、ということです」


………胸を打たれた。

その言葉は、大きな励ましを持って私の心を鎮《しず》めてくれた。

不思議だった。いまふたたび、『Song of Love』は希望的な作品に見えた。

滑稽《こっけい》でありながら神聖、幻想的でありながらリアル、過酷《かこく》でありながら寛大《かんだい》。

いともあっけなく壊れていく脆《もろ》さの一方で、着実な頑丈《がんじょう》さを持ち併《あわ》せる日常。

ふたりの人魚は、この驚異に満ちた自然を生きていく私たち人間の姿に他ならない。

そして、目の前にあるこの作品は、どうあろうと、心を揺さぶられる絵に違いなかった。

この奇妙な画廊の所有品。

そう思えば、本物だった。そして、今、ここで考えたさまざまなことが、特別な記憶としてこの絵に刻《きざ》まれていた。それは私にとって大きな付加価値だった。

私はおそるおそる、問いかけた。

「これは……売ってはいただけないのですか」

この絵を持っていれば、そしてこの絵を見ればいつでも、私はまた穏やかな気持ちを取り戻せる気がした。どんな高額であっても私のものにしたい。また血管がふくらむような熱い衝動が走る。

「売り物ではありませんから」

首を傾けたあと、画商は顎《あご》を少しだけ触った。

「しかし、もしも渡瀬さんのコレクションに加えたいとおっしゃるのなら……」

画商は私に笑みを向ける。

「その懐中時計と引き換えに、いかがですか」

私は息を呑《の》んだ。

手に持ったままだった懐中時計を、私はじっと見つめる。

運命。

そういうことか?

保証書をなくしてしまっていたこと、買い手がつかなかったこと、怪《あや》しげな買い取り業者の店を訪れたこと、そこが閉まっていたこと……すべてが、ここにたどりつくための伏《ふく》線《せん》だったのではないかという気がした。この絵を手に入れるための。

これが、神の筋書きだったのだろうか。

――――取り引きは慎重に。

激しく高まる感情の波をなだめるように、叔母の言葉が脳裏《のうり》によみがえった。
私は、ふ、と笑みをこぼす。
ああ、やっと吹っ切れた。

私は、ゆっくりと首を横に振った。
「この時計は、手放さない」

私は今ようやく、自分の本物の感情にたどりつくことができた。
これは私だけのものだった。須美子からの贈り物という起点も込みで、どんなものとも決して替えられない、慈《いつく》しみに満ちた大切なものだった。
それは私にしかわからない「値打ち」だった。

ぱかりと蓋を開ける。時刻を見る、それだけのために。

そう、この手間暇《てまひま》がとてもいいのだ。時を「持っている」というロマンが。
たったひとり、自分にだけ映し出された物語を生きる私たちの人生に、ハッピーエンドもバッドエンドもなかった。ぐるぐるとめぐる時計の針のように、どこもかしこもすべてが出発点で、すべてが着地点だった。

もう、過去を否定し忘却《ぼうきゃく》しようとするのはよそうと、私は心に決めた。
時をぜんぶ丸ごと受け入れ抱きしめることで、きっと今を生きていける。
こつこつとねじを巻きながら。
いつもわずかに遅れてしまう時刻を、ゆっくりと合わせながら。

4章 夢は静か

誰にも言えないまま、知られないままだったこと。

自分の中にあふれてくるたくさんの言葉を、伝えたくてずっともがいていた。

たったひとりで。

中央通りの雑踏の中で、

「ママ」

という初老男性の声が耳に入ってきた。

そちらを向くと、中日《ちゆうにち》ドラゴンズの青いキャップをかぶった男がいる。水色のポロシャツに、グレーのスラックスを穿《は》いていて、ラフだがどことなく高級感があった。

彼が笑《え》みを向けるその先には、すらりとした若い女性が歩いていた。彼女もまた、華美ではないがさりげなく洗練されている。男性は六十歳を過ぎたあたり、女性は三十代に入ったというところだろうか。

母親でもない、それどころか自分の娘ほどの女性に「ママ」。

女性が立ち止まり、にこやかに会釈《えしやく》した。

「あら、お久しぶりです」

ドラゴンズキャップの男性は目を細めながら言う。

「最近、店に行けなくてすまんな」

「お忙しいでしょうから。いつでもお待ちしていますよ」

銀座はクラブも多いから、つまりホステスと客だと思われる。

単なる通りすがりの俺《おれ》は、そのまま通りすがる。そして考える。

どうして、クラブやスナックの女性店主は「ママ」なのだろう。一般的に、喫茶店や料理屋などの店主が男性であっても「パパ」とは言わない気がする。

そんなことを思いながら教文館《きょうぶんかん》に入ろうとして、人と軽く肩がぶつかった。

「失礼」

とっさにそう言うと、黒縁眼鏡《くろぶちめがね》の男性が「こちらこそ」と顔を上げた。

どうも、街を歩いていると人とぶつかりやすくていけない。ぼうっとしている証拠だ。

教文館は銀座《ぎんざ》の老舗《しにせ》書店だ。九階まであって、カフェも併設されている。

文芸書が置かれているフロアは二階。俺は階段を使ってそこへ上っていく。

日下部伸次郎《くさかべしんじろう》。

その作者名のついた小説が、文芸コーナーに並んでいるのを確認してほっとする。

俺の名前だ。ありがたいことに、最新刊は平積みされていた。棚差《たなざ》しの「か」のところにも、既刊が二作収まっている。毎日、膨大《ぼうだい》な数の本が出版される中で、書店のスペースが広がるわけではない。その「席」は日々、椅子《いす》取りゲームみたいにものすごい速さで流動していく。限られたその場所に自著を並べてもらえることのありがたみは、幾度も俺を励ましてくれる。

最新刊に巻《ま》かれた帯が、少しだけずれているのをそっと直して置きなおす。

ずらりと並んだ本たち。百年前に書かれた作品も、同じように陳列《ちんれつ》される。いつ誰が書いたのか、そういう理由での区別はない。新人も大御所《おおごしょ》も天に召された文豪《ぶんごう》も、読者にとってはシンプルにただ「作家」という位置づけ、それだけだ。

小説家デビューしてから、もうすぐ八年になる。

大学を卒業した後、小さなデザイン事務所でＤＴＰオペレーターをやっていた。指定されたレイアウトを元に、印刷用のデータを作成する仕事だ。クリエイティブというよりは、リクエストに正確に、期日を守って仕上げることが求められた。忙しさにはムラがあり、繁忙期はそこそこきつかったが、どこに手を入れればいいのかが他者によって具体的で明確なことは俺にはすっきりと好ましかった。創作はそういうわけにはいかない。

小説を書き始めたのは大学生の頃だった。新人賞の公募を見つけては投稿していた。一次選考にも残らず、作家になれる気配などないまま就職し、三十歳で結婚をした。

それからも投稿を続け、デビューを果たしたのは、三十九歳のときだ。

ある新人賞に佳作で引っかかり、それを書籍にしましょうと言ってくれた出版社のおかげだった。大賞ではないので王冠はかぶれなかったが、それでやっと俺は文芸界へと足を踏み入れることができた。

特にセンセーショナルな作品を書いたわけでもなく、俺自身に何か特記すべきことがあるわけでもなく、すぐに話題になったという感はない。しかし、俺の小説にはじわじわと、認めてくれる書店員や読者がついてくれた。複数の出版社から依頼がくるようになり、小説誌の連載もいくつか持たせてもらえるようになって、筆一本でもなんとかやっていけるかなと考えられるところまできた。

それで、二年前に会社を辞め、専業作家になった。

その決断に至ったのは、妻の多恵《たえ》の経済力、そして懐《ふところ》の深さによるところも大きい。彼女の実家は焼肉屋を営《いとな》んでおり、地方を含め支店を三つ持つほどにもなっている。多恵は経営に関《かか》わっていて、近いうちに四号店の店長になる話が出ていた。

会社を辞めると告げても、多恵は「いいんじゃない」としか言わなかった。安堵《あんど》した一方で、ちょっと気が抜けた。

多恵はまったく本を読まない。本というより、そもそも活字嫌いなのだ。市販薬に付いている説明書ですら「こんなに読めない」と言って俺に音読させる。

むろん、俺の小説も読んでいない。作家の名前もほとんど知らないし、出版社や小説誌の特色なんて、話したところでさっぱり通じない。

結婚したとき俺は会社員で、多恵は作家の妻になりたかったわけではないのだから、仕方ない。俺だって、多恵の好きなサッカーのルールさえおぼろげだし、選手の名前もまったく知らないからおあいこだ。

多恵はスポーツが大好きで、アマチュアのフットサルチームに入っていて、酒飲みで、大勢でワイワイするのが大好きだ。

運動が苦手で下戸《げこ》で、ひとりでいるほうが気楽な俺とは正反対の場所で生きている。しかし、世の中の大半は多恵のような人種なのだろう。自分のようなヤツは変わり者なのだと俺は思う。

専業作家になった俺は、多恵にとって先行き不透明なたよりない男なんじゃないだろうか。夫としての存在意義を、時々考えては、振り払うように打ち消している。

文芸書のコーナーをぐるりと回ると、壁際《かべぎわ》の隅《すみ》で、小学生と思《おぼ》しき半ズボンの男の子が立ち読みをしていた。何の本かはわからないが、ページに顔を押しつけるほど近づけて、熱心に読んでいる。

俺にも、あんな子ども時代があった。

貧乏で本がなかなか買えなかったから、書店を訪れては立ち読みしていた。

書店にしてみれば由々《ゆゆ》しき話だが、そのおかげで速読の力が身について、今でも、手元にある資料や本を部屋の中で立って読むことがある。すると、ものすごく集中して内容が頭に入ってくるのだ。

小学三年生のとき、商店街にある小さな書店で立ち読みしていたら、本棚にぱたぱたとはたきをかけている店主のおやじが近寄ってきたことがある。そのとき、おやじに無言でサッと本を取り上げられてすごく驚いた。買う気がないのに立ち読みばかりしているのだから、怒ったのだろう。今となっては申し訳ない。

おやじ。そこでふと思う。

それも不思議だ。本屋やラーメン屋の女店主を「おふくろ」とは呼ばない。男店主は「おやじ」で通るのはなぜだ。父親でもないのに。

俺はリュックの外ポケットからメモ帳を取り出した。無印良品のA6サイズのリングノートで、リングの部分にペンを差してある。思いついたことや気になったこと、調べたことをメモしておくためのものだ。いったい何冊目だろう。今ではもう、この無印良品のメモ帳でなくてはならない。ストックをいくつも準備してあり、使い終わったら、クラフト紙の表紙にいつからいつまでの記録かを書いている。

俺はメモを取ったあと、ゆっくりと教文館を見て回り、本を二冊買って外へ出た。

……そろそろ、行くか。靴の中で、つま先がわずかにこわばっていた。

銀座の歩行者天国は、銀座通り口の交差点から銀座八丁目交差点までの間、約千百メートルで行われる一時的な歩行者への開放空間だ。普段は車天国であるはずの大通りに、人があふれかえっている。ランダムに設置された深緑のパラソルつきテーブルが、ここがただとりとめのない野放図《のほうず》な場所ではなく、規律の取れた平和なエリアであることを主張していた。

まるで絵空事《えそらごと》のようにも思えるその景色を横目に、俺は新橋《しんばし》の方向へと歩き出した。そして資生堂《しせいどう》ビルを過ぎると、大通りを渡り、今日の目的地へと足を向ける。

カフェーパウリスタ。

エントランスの上部には、ドーム型の幌《ほろ》がついている。

俺は一呼吸つき、創業百年を超えるその喫茶店の扉《とびら》を開けた。

レトロ調の一階を通り、階段で二階に上がる。こちらは少しカジュアルだ。中央にオープンキッチンが設置され、カウンター席もある。ガラスのショーケースの中には、何種類ものケーキが並ぶ。クラシックな一階も味があって良いのだが、俺は二階の明るい雰囲気が気に入っていた。

陽《ひ》の光が差し込む窓際に目をやる。

階段から一番近いテーブル。よし、「あの席」が空《あ》いている。

大丈夫だ。

俺は心の中で唱《とな》える。大丈夫、大丈夫、大丈夫だ。

椅子《いす》に座り、リュックからノートパソコンを出していると店員が水とメニューを持ってきた。俺はメニューを開くことなく、ホットコーヒーを注文する。この店のオリジナル、「森のコーヒー」だ。

パソコンを起《た》ち上げ、液晶ディスプレイの端《はし》の数字を見ると、時刻は14：56と表示されていた。もうすぐ三時になるところだ。

「お知らせは、早くても三時過ぎになると思います」

編集担当の北沢《きたざわ》が、そう言っていた。三十歳になったばかりで俺よりだいぶ若い男だが、目をむくような敏腕《びんわん》だ。構想を練《ね》るときも、仕上がった原稿のチェックでも、鋭いところを突いてくる。

芥川龍之介《あくたがわりゅうのすけ》、菊池寛《きくちかん》、与謝野晶子《よさのあきこ》……文豪《ぶんごう》が愛した喫茶店、カフェーパウリスタ。雑談の中でそんなことを教えてくれたのも北沢だ。俺はそれにあやかり、ここで北沢と打ち合わせをし、原稿を書いた。

『砂のマチエール』というタイトルの連作短編集。その最後の章を書ききったのが、この席だった。なんだかむずむずとした不思議な高揚感に包まれて、自分でも、なにかとんでもないものが出来上がってしまったという実感があった。

作品が刊行されてからも、俺はことあるごとにカフェーパウリスタを利用するようになった。そしてこの席で、ひとりで読書をしているとき、北沢から電話がかかってきたのだ。

大衆文学の中で優秀な作品に与えられる、年に一度の大きな文学賞、「山川英吾賞《やまかわえいご》」に『砂のマチエール』がノミネートされたと。

俺は確信した。やっぱりこの席は、俺にとって最高の幸運をもたらせてくれる、いわゆる「パワースポット」に違いない。

そして今日、山川英吾賞の最終選考結果が出る。俺への知らせは、出版社を通し、北沢から来ることになっていた。

だから俺は、迷わずにこの店で待つことを決めた。

そして北沢に頼んだのだ。落選であれば、メールでシンプルに結果だけ教えてほしい。そして晴れて受賞となれば、電話で一緒に喜びを分かち合いたいと。

テーブルに置いたスマホは、マナーモードにして手のすぐそばにあった。この席は階段のすぐ近くだから、電話がかかってきたらさっと席を立って話すことができる。

「森のコーヒー」が運ばれてきた。

カップに描かれた緑色のロゴマークを見つめ、電話がかかってきますように、と祈りを込める。

自分でつかみ取り達成するのではなく、誰かに「選んでもらう」ことで与えられる栄光。商業作家になること自体がそうだった。がんばればいいというものではない、数字で測れるものではない、正解も不正解もない。ただ選んでもらうこと。良い作品だと認めてもらうこと。

結果待ちのじりじりした胸に、ひとくちのコーヒーを落とす。

書き手にできることは何ひとつない。ただ書くだけ。本当にそれだけだ。

起ち上げたパソコンでひととおりのメールチェックをしたあと、ブックマークに入れているＳＮＳのサイトを開いた。

スマホにアプリも入れているが、だらだら眺《なが》めているとあっというまに長時間が経《た》って目が疲れるし肩も凝《こ》るので、ＳＮＳはなるべくパソコンで見るようにしている。

なじみの書店や知人作家の投稿が並ぶ中、不可思議なトレンドワードが上がっていることに気がついた。

「＃人魚が逃げた」

ドラマや映画のタイトルだろうか。

そのハッシュタグを拾っていくと、どうやら、シュウアナの冒頭インタビューで、王子と名乗る男が引き起こした騒動らしかった。

「銀座に人魚姫が逃げちゃったみたいですね」

ロブ秋村《あきむら》のにやけた顔にセリフ入りのコラージュ画像がアップされたり、王子の言動に関する嘲笑《ちょうしょう》やルックスへの称賛《しょうさん》がタイムラインにいくつも流れている。そして、人魚姫に関してはさらに数多《あまた》あり、明らかにふざけた口調で彼女の行方《ゆくえ》を案じるコメントや、「人魚研究家」なる者が人魚に関する知識を披露したりもしていた。ジュゴンを人魚と見間違えた説、人魚の肉を食べると不老不死になる説……。

スクロールしていくと、若い女性の画像が目に留《と》まった。

下半身は魚の尾びれがついたコスチューム、上半身は貝殻《かいがら》がデザインされたビキニトップを着けている。どこかのハウススタジオなのか、西洋風の白い猫足バスタブに身を沈め、にっこり笑うその姿に、「見つけてね♡」と、ひとことだけ投稿文が書かれていた。「いいね」は三桁《けた》ついていたが、これが本人かはわからない。拾い画かもしれない。しかし当然のことながら本当に人魚なのではなく、人間がコスプレに興《きょう》じていることだけは確かだった。

コスプレ。

楽しいよな。自分じゃない誰かになること。どれだけだって、美しくも強くもなれるんだから。前から思っていた。何者にでもなれるという点で、コスプレ愛好者と小説家は通ずるものがある。件《くだん》の王子にしたって、そういうことなのだろう。

人魚が逃げた、か……。

それは俺にとって、妙に創作意欲をかきたてられる言葉だった。

「逃」という文字をじっと見る。

しんにょうは、たしか行くとか進むという意味だ。足の動き、みたいなこと。

そこに「兆」がのっかっている。

ああ、そうか。兆《きざ》し。

「逃げる」とは、悪い兆しから背を向け、良い兆しの方へと足を運んでいくことなのかもしれない。俺なりの解釈だが、そう思うと納得がいった。

じゃあ、「兆」はどうしてこんな形になったんだ？

俺はまた、メモ帳を取り出した。そしてパソコンに向かい、「兆」という文字の語源を検索する。

いくつかのサイトをあたってみると、兆は、亀《かめ》の甲羅《こうら》を焼いたときにできる形というような説が多かった。太古の人々は、偶発的に現れるその形状や色から、吉凶《きっきょう》を読み取ろうとしたのだ。

そんなもん、誰がどう決めたのだろう。最初にこれを編み出した者の「でっちあげ」じゃないのか。そんな作り話で未来を語る予言者も、それを知りたがり、その結果に一喜一憂《いっきいちゆう》する信者も、大昔からこの現代まで絶えることがない。

良いことがあるとわかっていれば安心。悪いことが起きるならそれを回避《かいひ》できるように。そうやって手探りで生きていかなくてはいけないほど、人は弱くて、逆にしたたかとも言える。自分に都合のいいように人生を見通そうなんて思うのだから。

だけどそれは俺だってそうだ。

山川英吾賞の結果待ちにこの店を選んだのは、完全にゲン担《かつ》ぎだった。

早くから店に来て、この席を取るという手もある。でもそんな作為《さくい》的なことをせず、さながら吉凶を占うような気持ちで時間ぎりぎりに来た。だから今日、この席が空いていた偶発性に、どれだけほっとしたか知れない。

信じているのだ。自分だけの「でっちあげ」を。

名だたる小説家たちが編集者と打ち合わせをし、原稿を書き、数々の名作を世に送り出したカフェーパウリスタ。

名作って、どんな作品のことを言うんだろう。評価されるべきは、作家なんだろうか。たとえば『桃太郎《ももたろう》』も『一寸法師《いっすんぼうし》』も、作者不詳《ふしょう》なのに。

北沢からの連絡は、なかなかこない。

俺はなんとなく『人魚姫』を検索してみた。話の筋は知っているつもりだったが、もっと詳しいことを知りたくなった。内容を詳細に解説しているサイトは、いくつも出てきた。アンデルセンや『人魚姫』を愛し、語りたがる人がたくさんいるのだ。

愛する王子を殺せなかった人魚姫は、海に飛び込んで泡《あわ》になる……。

それがこの物語のラストだと、多くの人が認識している。と、思う。少なくとも俺はそうだった。

しかし、アンデルセンマニアの人々によれば、原著では人魚姫は泡になって消えてしまったのではなく、そのあと「空気の精」になったと続いているらしい。そして、三百年の間、人々に風を送り、花の香りをふりまき、皆が元気になるように努めれば、彼女の求めていた「永遠の魂《たましい》」を授《さず》かるのだという。

三百年。

ということは、まだそのへんにいるのか、人魚姫？

この銀座の街を、風になって飛んでいるのか？

俺は思わず、窓の外に目をやった。ゆらゆらと、人魚姫が空に浮かんでいるのが見えるようだった。

しかしこの「風エンディング」よりも「泡エピソード」のほうが世間に広く浸透《しんとう》しているのは、やはり、そちらのインパクトが強いからだろうか。作品がより多くの人に好まれるように（言ってみればより売れるように）書き換えられて伝えられるということは、珍しくないのかもしれない。

俺はアンデルセンについてもっと知りたくなり、さらに深い情報を得ようと、前のめりになってパソコンを操作した。

美しい声を持ち、歌劇俳優を志《こころざ》していたハンス・クリスチャン・アンデルセン。しかし、十四歳のとき一念発起《いちねんほっき》でコペンハーゲンへと向かった彼は、体調不良や声変わりによって歌の道を断念せざるを得ず、詩や戯曲を書くようになる。その後、紆余曲折《うよきょくせつ》を経て小説が世に受け入れられ、童話を手掛けるのだ。

当時、世間で童話は「文学」とは見なされない傾向にあった。しかし「童話の構想があとからあとから私にせまってくるので、私はどうしてもそれを書かざるを得なくなった」と、彼は自伝の中で書いているらしい。

『人魚姫』は彼の創作童話の中でもっとも長編で、そしてもっとも高い評価を受けた。彼の童話作家としてのブレイクは、まさに『人魚姫』なのだった。

すごいぞ、アンデルセン。メモを取る手が止まらず、俺は胸が熱くなった。名作を書いただけではなく、童話というジャンルのポジションを上げたという功績《こうせき》さえ持っているじゃないか。

しかしある記事を読んでいるうち、夢中で動かしていたマウスの手が止まった。

アンデルセンは相次ぐ失恋の苦しみの中で『人魚姫』を書いた、とある。そして続いて、こう記されていた。

「生涯《しょうがい》独身を通し、孤独な生活を送った。」

俺はぎゅうっと唇《くちびる》を曲げる。

なんで独身だと孤独なんだ？　それはちょっと短絡的《たんらくてき》じゃないか。

会ったこともないヤツの勝手な憶測《おくそく》でこんなことを書いたら、アンデルセンが気を悪くするのではないか。なんだか悔《くや》しい気持ちにさえなった。

よし、決めた。

約束するぞ、アンデルセン。

俺はいつか、ハンス・クリスチャン・アンデルセンは誰よりも愛され満たされた生涯だったと小説に書く。いや、書かせてくれ。

こんなにもたくさんの物語に囲まれて、こんなにもたくさんの登場人物と、たくさんのたくさんの読者と共に生きたのだから。そして今でも。


ふう、と息をつき、俺は冷めかけたコーヒーを飲んだ。

スマホはぴくりともしない。選考に時間がかかっているのか、北沢が俺に連絡しづらい状況なのか。

二階席の窓から、歩行者天国の光景がよく見える。腕を組んでいるカップル、ベビーカーを押した家族連れ、とめどなくしゃべり続けているマダム風女性の三人組。

何を話しているんだろう。それぞれ、どうやって知り合ったんだろう。どこから来て、どこに行くんだろう。彼らの表情から、いろんなことを妄想《もうそう》する。

妄想癖は小さな頃からの持病みたいなものだ。何を見ても何を聞いても、すぐにあらぬことを想像してしまう。

自分だけの世界に閉じこもってしまいがちな俺を親は心配していたと思うが、それを放任してくれたおかげで小説家になれたのかもしれない。

『砂のマチエール』は、ある絵描きの半生を綴《つづ》った小説だった。

あの作品を書く際に俺は、ある女性画家がテレビでインタビュー取材を受けているのを見て心を動かされたのだ。

彼女は子どもの頃から緑色に魅《み》せられ、グリーン一色で絵を描き続けているのだという。

「どこかに、完成された絵がある気がするんです。なんというか……この現実から離れた、異空間のようなところに。なんだか自分が、それを描き写す道具になっているような」

あ、と画家はそこで話を止めた。

「ばかなことを言ってるって思われちゃうな。もちろん、私はそれで幸せなんだけど」

彼女はそう言って笑ったが、俺にはすごくよくわかった。

俺にもその感覚がある。どこか異空間に、完成された小説があるのだ。俺はそれを、なんらかの形で受け取って、教えられて、書き写している。そんな気がする。そしてその書き写したはずの作品が出来上がると、驚くような気持ちでいつも思う。ああ、やっぱりこれだったのだと。

原稿を書く前も、書いている途中でも、本当に書けるんだろうかと我に返ることがある。その瞬間は得も言われぬ恐ろしさに襲《おそ》われる。自分なんかには到底無理だとこわくなる。しかしどうしてだろう、心の奥底で、書き上げられることを知っているのだ。そして本が完成するたびに、これは誰が書いたのだろうと思う。綿密《めんみつ》な取材をしたのも、頭痛薬や胃薬を飲みながらパソコンに向かったのも、まぎれもなく自分なのだが。

だからアンデルセンの「童話の構想があとからあとから私にせまってくるので、私はどうしてもそれを書かざるを得なくなった」というのは、すごく理解できる。どう考えても、自分で話を作っているというより、俺のほうが物語に導かれている。憑《つ》かれているといってもいい。

ひとりで黙々と創作に向き合っていると、時々、頭がおかしくなりそうになる。実際、おかしくなっているかもしれない。それでも書きかけの原稿を決して放棄《ほうき》することができず、発狂の手前にいる己《おのれ》を必死でなだめながら筆を進める。

だけど一方で、こんな幸福なことが他にあるかとも思うのだ。産みの苦しみの中の、気を失うほどの陶酔感《とうすいかん》、物語が完成したときの、のぼりつめるような絶頂感。そして作品と自分との、誰も入る隙間《すきま》のないぴったりとした一体感。苦渋《くじゅう》とセットされた褒美《ほうび》のようなもの。あれは作者しか味わうことのできないエクスタシーだと思う。テレビでインタビューを受けていた画家もきっとそうだ。俺と同じことを感じている表現者がいると知って安心した。俺も、こんなことを言ったら笑われると思って誰にも言えなかった。

どうして俺はこんなふうに、小説を「書かされて」いるのだろう、なんて。

ぶるっとスマホがバイブした。

思わず息が止まる。心臓が跳《は》ねあがって、ビキビキと音を立てた。

しかし送信相手は北沢ではなく、メールでも電話でもなく、多恵からのラインだった。

「今、どこだっけ？」

のんきなメッセージが現れて脱力する。

山川英吾賞にノミネートされたことも、選考結果が出る日にちも、伝えておいたはずだ。今日が俺にとってどんな日なのか、この時間がどれほど緊迫感を持っているのか、多恵はすっかり忘れているに違いない。

俺は夜型で就寝が三時、起床は九時ぐらいだ。今朝《けさ》は布団《ふとん》から出てリビングに行ったら、ちょうど多恵が玄関のドアを閉めるところだった。俺は彼女がフットサルの練習に出かけるということを認識していたが、顔を合わせることもなかったから話もしていない。

説明するのも面倒《めんどう》くさいので、「銀座。カフェで仕事中」とだけ返信した。

多恵とは、遠縁《とおえん》の世話焼きな親戚が持ってきた見合い結婚だった。

「知り合いの知り合いの娘さんで、いい子がいるのよ。伸次郎のふたつ年下で、頃合いもちょうどいいし」と言って、写真を見せられた。写真館で撮ったような見合い写真ではなく、富士山《ふじさん》の頂上に登って嬉《うれ》しそうに笑っているスナップだった。

健康そうだな、というのが最初の印象だった。そして富士山頂に到達する気力と体力があるんだな、とも。俺にはたぶんない。三合目《さんごうめ》に着く前に高山病になる自信がある。身も心も貧弱な俺の唯一たくましいところは妄想力だけだ。

曖昧《あいまい》に返事を延ばしていたら、母親が勝手に俺も写っている家族旅行の写真を渡したらしく、ハメられたような形でホテルのカフェで会うことになった。

多恵はずっとにこにこと自分の話をしたり俺に質問したりしてきたが、俺は気の利《き》いたことは何も言えなかった。女性との交際も、過去に二回しかない。そのうち一回は大学時代の彼女で就職を機に自然消滅、あとの一回はやはり友人の紹介という形だったが一ヵ月で振られてしまった。

俺のほうは、多恵に対する印象は決して悪くなかったが、口下手《くちべた》で、女性のエスコートや気遣《きづか》いもなってなくて、趣味もまったく違う男に彼女が好意を持つとは思えなかった。だから、あっちから断られるだろうなと、また返事を保留《ほりゅう》にしていた。

それが、どういうわけか多恵のほうから積極的に話を進めたいと言ってきて、それならこちらも拒《こば》む理由はなく、何度か会ったのち、入籍となった。

燃えるような大恋愛ではなかったけれど、互いに過度な期待がないのがよかったのかもしれない。それぞれに、多恵は自由にスポーツを楽しみ、俺は自由に読書したり小説を書いたりして暮らしている。

結婚してから気づいたことだが、ひとつだけ、ふたりで楽しむものがあるとしたら、テレビドラマだった。多恵は、いっさいの文字は苦手でも、映像作品は好きなのだ。ドラマを一緒に観《み》ながら、ああだこうだと好き勝手に感想を言い合う時間が生活に組み込まれている。

番組の改編期になると、テレビガイドに載っている新ドラマの人物相関図ページをぱっと見て多恵は「今回はコレだね」と言う。内容の詳しい説明や、脚本家、原作の有無など、細かい情報なんて読まないで、直感だけで。そしてそれがいつも、見事に当たって高視聴率作品となるのだ。

つまり、彼女は視聴者における「最大公約数」のアンテナを持っているといえる。

どうしていつもヒット作を言い当てられるのかと訊《たず》ねたことがあった。

「よくわからないけど。このドラマ、おもしろそうだなって、それだけ」

多恵はそう答えていた。

この「よくわからないけど」というのは、彼女の口癖《くちぐせ》だ。クセというより、本当にわからないからわからないと言っているだけなのかもしれない。

俺が掘《ほ》り下げようとするとすぐ「まあ、いいじゃない」と笑われる。細かいなあ、とか、そんなことまで考えなくていいんだよ、とか。

俺は、わからないことをわからないまま放置しておくのが苦手だ。さらりと流せばいいところを、ぐじぐじと凝視《ぎょうし》したりつついたり探《さぐ》ったりしてしまう。それでも結局わからないことも多いし、疑問が疑問をまた引っ張ってくるのだが、そうせずにはいられない。だからわりといつも、勝手に疲弊《ひへい》している。我ながら面倒くさい性格だ。「まあ、いいじゃない」なんて思えたらきっと楽だろうに。

俺が送ったラインの返信に、多恵からOKのスタンプが届く。

ラインアプリを閉じてスマホをテーブルに置き直し、俺はパソコンでワードソフトを起ち上げた。

小説誌から依頼されていた、締め切りの近いショートショートに取りかかる。

わずか二千文字程度の小説で、見開きで完結するようになっている短いものだ。しかし、決して筆の速いほうではない俺は、一行、一文節、一語、句読点の位置まで、こねこねと時間をかける。「完成された作品」は、いっぺんに全貌《ぜんぼう》が見えるわけではないのだ。異空間との繋《つな》がりはそんなに簡易的なものではない。おさまりが悪かったり、何かが違うとなると、いっこうに進まなくなる。完成品の隅々まで一度にたやすく見せてもらえて、すらすらと書き写すことができるのが「天才」と呼ばれる人たちなのだろう。

耳瘻孔《じろうこう》がちりっと疼《うず》く。生まれつき左耳の上部についていた小さな穴だ。母親の腹にいたときの、羊水《ようすい》の中で呼吸する魚みたいなもんだった頃の「エラ」の名残なのだという。特に手術などしなくてもいいものだが、疲れていたりストレスがたまっていたりすると、膿《う》むような痛痒《いたがゆ》さを感じることがある。

自分が「魚」だった時代の証《あかし》。そう思うと、また妄想が止まらなくなる。

ふたたび、窓の外に目をやった。

中央通りが、大きな川に見えてくる。耳瘻孔を持つ人間がここにどれくらいいるのかわからないけど、そこを歩いている群れが、流れに身を任せたり逆らったりしながら泳いでいる小さな魚に思えてきた。

俺だけじゃない、歩行者天国を闊歩《かっぽ》してるやつら全員、かつては本当に魚だったんだぜ。ひとり残らず、みんな、ちゃぷちゃぷ泳いでたんだぜ。

覚えのない過去を引きずりながら、だけど人は今、地上で生きている。もう水中では暮らせないことに、たいした未練《みれん》もなく。

魚のことを考えていたら、昨晩のことを思い出した。

多恵がフットサルで仲良くしているチームメンバーの芳美《よしみ》さんから、手巻き寿司《ずし》でもしましょうとお宅に誘われたのだ。

俺は集まって飲み食いする会には基本的に参加しないし、まして自分の知らない人となればなおさらだ。しかし芳美さんは以前から多恵の会話の中で一番よく出てくる名前で、しょっちゅうつるんでいるということは聞いていた。

「芳美さん、『砂のマチエール』を読んでくれたみたい。日下部伸次郎のファンになったって、会いたがってるから。ご主人も一緒に、四人でって言ってくれてるの」

多恵にそう言われて、重い腰が上がった。妻ですら目を通してくれない小説を、間接的に知っているとはいえ面識《めんしき》のない人が買って読んでくれたのだ。お礼を言いたいし、感想を直《じか》に聞いてみたい気もした。

手土産《てみやげ》を持ってマンションの一室におじゃますると、リビングのテーブルに、所狭しと手巻き寿司の用意がされていた。

「うわあ、お会いしたかったです」

芳美さんが、『砂のマチエール』の単行本とペンを持って駆《か》け寄ってきた。

「酔っぱらっちゃって忘れないうちに、サインしてください」

俺は照れ笑いを浮かべながら感謝の意を述べ、立ったままテーブルの端《はし》で芳美さんの名前を入れてサインをした。彼女から礼は言われたが、作品の感想は特になかった。

ご主人はテーブルについたまま、「こんにちは」と言った。顔が赤い。もうすでに、酒が入っているらしかった。

俺も「妻がお世話になってます」と常套句《じようとうく》を口にする。

「ほんとに作家さんなんですね、へえっ」

ご主人が首を突き出して言った。俺はなんと返事をすればよいかわからず、ただうなずくしかない。

「自分はぜんぜん、本とか読まないんで。作家さんの知り合いができるとは」

彼は俺がサインしたばかりの『砂のマチエール』を手に取り、ぱらぱらっとめくった。

「機会があったら読みますよ」

彼は人のよさそうな顔で笑い、本を閉じて刺身《さしみ》が盛られた皿の脇に置いた。

その「機会」は訪れないだろう。そう思いながら俺は芳美さんに促《うなが》されて椅子に座る。

「まずは乾杯しましょ、日下部さん、ビールでいいですか?」

芳美さんが明るい声を上げる。多恵がすぐに、申し訳なさそうに言った。

「あ、ごめん。この人、お酒飲めないの。お茶とか、お水とかでお願いしていい?」

「そうだったね、こっちこそごめん」

ふたりとも謝らせてばかりでごめん。俺は心の中で恐縮する。

芳美さんがペットボトルから注《そそ》いでくれた烏龍茶《ウーロン》のコップを持ち、他の三人のビールグラスと乾杯をした。真っ白な泡の立った黄金色《こがねいろ》の彼ら、地味な茶色の俺。ごくごくとビールを飲む三人は、この世の極楽という顔をしている。

海苔《のり》に酢飯をのせながら、芳美さんが言った。

「日下部さん、ずっと小説家をめざしてたんでしょう。夢を叶《かな》えたなんて、すごいですね」

俺は口ごもる。

「いや、運が良かったというか……」

デビューしてから何度もそう言われることがあるが、こういうとき、どう答えるのが正しいのか、いまだにわからない。「すごいでしょう」と胸を張るのは尊大《そんだい》だし、「そんなことないです」と謙遜《けんそん》するのもかえってイヤミな気がする。

夢を叶えた。

たしかにそうなのだが、それは実感を伴わない言葉でもあった。ひとりでパソコンに向かって原稿を書くというのは、投稿時代も今も変わらない作業だからかもしれない。

俺の夢って、どんなことだったろうと時々考える。もちろん「小説家になること」だったのは違いないのだが、それだけではなんとなくしっくりこなくて、自分の中でもうまく整理ができていない。

甘エビを直接口に入れながら、ご主人が言った。

「小説を書くのって、どうやって話を思いつくんですか？」

これもまたよく投げかけられる、返答に困窮《こんきゅう》する質問だった。自分でもどうやっているのか説明できない。物語が決めるとしか言えない。

編集者と打ち合わせをして構想を決めても、その通りにいかないこともある。それはもう、どうしようもない。書きながらその展開に俺自身が「そうだったのか」と驚くのだ。

しかしそんなことを、彼らにうまく説明できる話術は俺にはなさそうだった。

「昔から本を読むのが好きだったんで。それでかなあ」

俺はなんとかその場にふさわしい回答を絞《しぼ》り出し、烏龍茶を飲んだ。

キッチンからチーンという音が響き、芳美さんが「あっ」と立ち上がる。

「鯛《たい》の塩釜焼《しおがまやき》、作ってるんだ。焼き上がったみたいだから、ちょっと待ってて」

「えー、すごい。手伝うよ」

多恵もテーブルから離れ、芳美さんと一緒にキッチンへと向かった。

ご主人とふたりきりになった。気まずさを感じるのはお互い様のようで、彼のほうも、愛想《あいそ》笑いを浮かべながら話題を探しているのが見て取れる。話を振ってもらってばかりだから、俺からも何か訊ねるのが礼儀だろう。

「ご主人も、フットサル、されるんですか」

俺があたりさわりのない質問をすると、ご主人はちょっとほっとしたように赤い笑顔を向けた。

「フットサルもたまにやるけど、草野球チームに入ってるんですよ。あと、近所の小学生チームのコーチしたりして」

「野球を。かっこいいですね」

いやいやいや、とご主人はグラスのビールを飲み干す。そしてロングサイズのビール缶を傾け、空《から》になったグラスに注ぎながら言った。

「日下部さん、どこの球団を応援してます？」

「……あ、どことというのは特になくて」

「え、そうなの。じゃあ、サッカー派だ？　ワールドカップの時期なんて寝不足になりますよねえ！」

そうなんです、と答えられたらどんなにいいだろう。しかしそんなごまかしはもっと自分を追い詰める。ここは正直に答えるしかない。

「サッカーも、やらないし観ないです」

できるだけマイルドに、控えめに言ったつもりだった。

しかしご主人は、珍しい生き物を見るみたいな目つきで俺を見たあと、冗談めかしてこう言った。

「ええ？　酒も飲まないでスポーツ観戦もしないで、何が楽しくて生きてるんですか？」

…………何が楽しくて生きてるんだろう。

ご主人に悪気がないことは、わかっている。俺は「ハハハ」と乾いた笑い声を立てた。

俺も酒が飲めたらと思う。

野球やサッカーを観たりやったりして、盛り上がれたらいいと思う。

きっと日本中の大多数が、俺の知らないその大きな喜びを味わっているのだ。

「できたよー、ほら、見て見て」

芳美さんと多恵が、リビングにやってきた。塩で固められた魚が大皿に載っている。

「おおー、すげえ。焼酎《しょうちゅう》、開けようぜ」

ご主人が歓声を上げ、芳美さんも多恵も嬉しそうに笑った。

俺は、はしゃぐ多恵の横顔を見て思った。

なあ、おまえ、本当に俺でよかったか？

こんなめんどくさくてつまらないヤツじゃなくて、もっとおおらかで活気のある男のほうが幸せだっただろ。一緒にフットサルやって、一緒にサッカー観戦して一緒に寝不足を笑って、一緒にビール飲んで。

本なんか読まなくたって、社会で立派に楽しく暮らしていけるんだから。

もしかしたら、本なんか読まないほうがずっと平和に健康的に生きていけるかもしれないんだから――――。

「おい、あれ見ろよ」

「うわ、マジか」

横のテーブルから聞こえてきた声に、ふと我に返る。カフェーパウリスタはさっきより混み始めてきていた。俺の脇で顔を寄せ合っているのは、学生風の男性二人組だった。彼らは俺に話しかけているのではなく、オープンキッチンの近くにあるショーケースのほうを見て言っているのだった。

ショーケースの中には、ケーキが並んでいる。そしてその前に、やけに目立つ人物が立っていた。

クラシカルな白い詰襟《つめえり》、くっきりとしたブルーのボトムにロングブーツ。

波打つ長い髪の毛は黒々と豊かで、頭には金ぴかの王冠をかぶっている。

……………王子！

俺は目を見開いた。こんなところで遭遇《そうぐう》するなんて。

「王子じゃん」

「人魚のアレだよな？」

俺の横のテーブルにいるふたりは、ひゃひゃひゃっと笑い、さっとスマホを掲げた。

苦い気持ちがこみあげてきて、俺は思わず、がたんと立ち上がる。そして急いでショーケースへと向かった。

こいつら、許可なく王子の写真を撮って、勝手にＳＮＳに上げるつもりだろう。無責任な言葉を並べ立てて。「トキの人」になるリスクはそれだ。

俺はふたりから王子を隠すようにして、腰に手をあてながら彼の背後をうろうろした。自分もケーキを選んでいるようなふりをして。

ちらっと振り返ると、彼らはしぶとくスマホを掲げている。ギロリと睨《にら》んだら、さすがに顔をゆがませ、スマホを下ろした。

こいつらは絶対に「日下部伸次郎」なんて作家を知らない。知ってたらもう盗撮されていたかもしれない。そして無断でＳＮＳに上げられていたのかと思うと、自分の知名度の低さに安堵さえ覚えた。

怪《あや》しいオッサンと関わりたくないと思ったのか、ふたりは店を出て行ってしまった。それで俺は席に戻ろうとしたのだが、王子が急にこちらに顔を向けてきたので、ばっちり目が合ってしまった。

エキゾチックな顔立ちだが、日本人だといってもそう違和感はない。聡明《そうめい》さが匂《にお》い立つ表情。体つきは細身だが、意外と腕などしっかりしている。鍛《きた》えているのだろう。身を包む衣装も本格的で、詳しくはないがヨーロッパ王室の礼装スタイルだ。式典とか、結婚式とかで着るような。

王子が親しげな笑みを見せたので、俺はなんだかどぎまぎしてしまった。

完璧《かんぺき》なコスプレだった。優しげで、どこかさびしげで、せつなかった。逃げた人魚をまだ探しているのですか。本気でそう心配したくなるぐらいに。

「芸術的な菓子だ」

王子はケースの中を眺めながら言った。その言い方はいかにも王子たる堂々とした気品があった。俺はなんだか嬉しくなってしまい、コスプレ王子との会話にのっかった。

「そうですね、この店はコーヒーが美味《おい》しいですが、ケーキも絶品です」

ケーキを見つめ、王子はぽつんとつぶやく。

「……あの子にも、食べさせてやれたら」

「人魚姫に？」

すると王子は顔を上げた。

「人魚姫の物語を、あなたも知っていると？」

「ええ、そりゃ、有名な話ですから。世界中、みんな知ってますよ」

「世界中に知られているのか……この浅はかな僕のことを」

王子は瞬《まばた》きをした。まぼろしのように儚《はかな》げな姿が、俺の胸をつかむ。

そのとき、突然、風が吹いてきた。建物の中なのに。

王子の髪が揺れる。俺は驚いてあたりを見回した。しかし不思議そうにしている客はひとりもいない。

すぐそばで、ざあっという音まで聞こえてくる。波の、音……？

もしかして……そうか？　そうなのか？

この人は本当に、『人魚姫』の、あの王子なのか？

見れば見るほど、本物感がありすぎる。童話から飛び出してきたと考えたっておかしくないように思えた。俺は今、どういうわけか異空間と繋がってしまったのではないか。長年にわたって培《つちか》われた妄想癖をここで拭《ぬぐ》うことなどできず、俺はごくりと唾《つば》を飲む。

王子は沈んだ声で言った。

「助けたのは、僕のほうだと思っていたんだ……事情もよくわからなくて」

……そうか。そりゃそうだよな。

我々読者は状況を俯瞰《ふかん》で知っているから「人魚姫が溺《おぼ》れる王子を助けた」という設定ばかりに気を取られてしまうけれど、彼の立場になってみれば気絶していた間のことなのだ。

俺は王子が急に気の毒になった。

たしかに王子は、どこの誰かも不明な、裸で流れ着いてきた女の子を、城に招き入れ服を着せ食事を与えたのだ。自分が助けたと思っていたって無理はない。雨に濡《ぬ》れた子猫と出会ったような、そんな気持ちだったのかもしれない。

人魚姫をそばに置いた彼の中には、きっと憐憫《れんびん》もあっただろうと思う。「かわいそう」と思うのは愛情の始まりだ。世話をやいているうちに、愛《いと》しさが芽生《めば》えていく。それは自然な感情に思えた。

多恵。おまえも、そんな感じじゃなかったか？

俺はずっと疑問だった。どうして多恵が俺と結婚したのか。そしてその後の生活も、どうしてそれなりにうまくやっていけているのか。

それは彼女が、友達も少ない、しょぼくれた俺を「かわいそう」と感じているからなんじゃないだろうか。自分が助けてやらなくちゃって思っているんじゃないか。

だけど……。

人魚姫のほうも、溺れている王子を助けたのは自分だと気づいてもらえないさみしさが、恋を募《つの》らせたのではないかという気もする。自分が何者であるかわかってほしいという心が、王子をいっそう求めたのではないか。

俺が多恵に対して、作家である自分のことや、書いた小説のことをもっと認めてほしいと欲張りになるみたいに。たとえば俺が山川英吾賞を獲《と》れば、少しは夫として頼りにしてくれるか？　多恵にはどんな賞なのかぴんとこないとしても、ニュースで取り上げられるような大きな冠《かんむり》を授けられれば、もっと称賛し誇りに思ってくれるか？

……いや、そんなことに固執《こしつ》するのは自分をがんじがらめにしているだけだとわかっていた。彼女の鷹揚《おうよう》さこそが、「作家じゃない俺」の居場所を作ってくれているのだから。偏屈《へんくつ》な俺にも、この穏《おだ》やかな日々を守りたいと思う心を育ててくれたのだから。

王子は、何かをあきらめたみたいに遠くを見た。

「でも、僕との出会いは彼女を苦しめるばかりだった」

俺は叫ぶようにその言葉を打ち消す。

「いいえ、王子」

つぶらな黒い瞳《ひとみ》が俺を捉《とら》える。俺はたどたどしく、それでも思うことを口にした。

「人魚姫は、あなたと出会うことで、そばにいることで、愛することで、恋愛の成就《じょうじゅ》を超えた尊《とうと》いものを手にしたのだと思います」

だって、そうだろう？

彼女は、悲しいまま泡になって消えたんじゃない。悔恨《かいこん》のうちに海に溶けて沈んでしまったんじゃない。風になって人々に喜びを与えながら、今も空へと上っているのだ。

「だから元気を出してください、王子。ケーキでも食べて」

王子は少しの間、俺の顔をじっと見たあと、にっこりと笑った。

「ありがとう。では、そうしよう」

「チョコレートがお嫌いでなければ、オペラがお勧めですよ。コーヒーにも合います」

王子はケーキに目をやったあとひとつうなずき、俺のほうに向きなおった。

「………あなたは」

「え？」

「いや、なんでもない。なんだか、どこか親しい気がしたから」

……やっぱり。

やっぱりそうだよ、王子は、本当にあの童話の王子なんだ。

俺の妄想ワールドや異空間の端っこで、俺たちは繫がってるんだ。

俺は張り裂けんばかりの感動で、泣きそうになった。

しかし俺のその後の言葉を待たず、王子はそこにトレイを持って居合わせた年配の女性店員を呼び止めた。

「このオペラというケーキを。それからコーヒーと」

女性店員は伝票にボールペンを走らせる。彼の恰好《かっこう》に動じるふうでもない。

あれ？　もしかして常連なのか、王子？

そして王子はさらにこう続けた。

「カードで」

は？

カード？

俺が目をぱちくりさせているうちに、王子は優雅な足取りで店の奥の席へと歩いていく。オーダーを受けた店員もキッチンのほうに行ってしまった。

………なぁんだ。

カード払いで決済《けっさい》する王子。

急に現実に立ち戻って、全身の力が抜けた。やっぱりこの俗世界の人間か。

そうだよな、ケーキを食べるのもコーヒーを飲むのも、金がなければ始まらない。見たところ手ぶらでバッグなんて持ってないし、クレジットカード一枚ならあの豪華な衣装のどこかに忍ばせることができるだろう。

ふと天井《てんじょう》を見上げると、エアコンが回っている。

突然の風も波の音も、出どころはどうやらここらしい。

まあ、今日は三月の終わりにしては午後から暑くなってきたからな。

俺はおかしくなってきてくつくつと笑い出し、リュックもスマホもパソコンも置きっぱなしの席に戻った。

ああ、でも、ほんのいっときでも本当にフィクションの世界と触れ合えたみたいで、嬉しかった。あのコスプレ王子に感謝したい。「親しい気がした」って、彼は俺の妄想好きの匂いを嗅《か》ぎ取ったのだろう。

テーブルに置いたままのスマホには、何の着信跡もなかった。

気を取り直して俺はコーヒーのお代わりを頼む。

帰りにまた教文館に寄って、『人魚姫』の原著を購入しよう。アンデルセンの自伝も。

つくづく、物語と出会うタイミングはそれぞれに不意打ちで、自分には予測できない意味を持っているように思う。

　俺はこれから、風が吹くたび人魚姫を想わずにいられないだろう。そよ風が心地よければ彼女のはたらきに感謝をし、花の香りが漂《ただよ》えば「いい匂いだね」と話しかけてしまうかもしれない。そして王子に慰《なぐさ》めと平穏《へいおん》があるようにと祈る。まるで友達みたいな気持ちで。きっとそのことは、俺のなんでもない日常をひとつ豊かに彩《いろど》ってくれる。

　家には床が抜けそうなほど大量の本があふれかえっているが、こればかりはどうしたって仕方ない。また特別な一冊と出会ってしまったのだから。


　北沢からの連絡はさっぱりこない。俺はふたたび、ショートショートの原稿執筆に取りかかる。

　どうあっても、俺は小説を書くしかないんだなと思う。書かずにはいられないという衝動だけで、俺は書き続けている。才能というより「性分《しょうぶん》」なのだろう。

　選考の結果待ちだったことを忘れるくらい原稿に集中しかけたとき、スマホがバイブした。今度はブーッ、ブーッと着信音が長い。電話だ。

　再度、心臓がビクついたが、しかしそれもまた多恵からだった。

　胸を押さえながら席を立ち、階段まで出て電話を取る。のんびりした多恵の声が耳に流れこんできた。

「今さあ、ワガワガ観てたんだけど」

ワガワガ。

『我が和菓子』という料理番組だ。家庭で作れる和菓子のレシピと、毎回、ゲストがおすすめの一品を紹介する。

「喜代助《きよすけ》がゲストで出てでさ、『木挽町《こびきちょう》よしや』のどらやき、紹介してたの。銀座にいるならちょうどいいやと思って。めっちゃ美味しそうだから帰りに買ってきて」

「あ……うん。行けたらな」

そんなことか。

早く電話を切らないといけない。

こうしている間に、北沢から電話がかかってくるかもしれない。しかし多恵は会話を続行する。

「原稿、書いてたの？　苦戦中？」

その呑気《のんき》さにちょっとイラついて、俺はつっけんどんに答えた。

「うん。まあ、読めば三分で終わるような短い話だけど」

「そうなんだ」

多恵はいつものように「よくわからないけど」と前置きし、こう続けた。

「だけどその三分の間に、あなたが書いた一行で人生が変わる人がいるかもしれないんでしょう？」

……俺が書いた一行で……。

多恵のその言葉は、乾いた砂浜に水がしみこむようにゆっくりと心を満たしていった。

そうか、彼女は俺が小説を書くことに関心がなかったわけじゃない。賞を獲るかどうかよりも前に、もっと大切なことを理解してくれていたんだ。

多恵は、最初からわかっていたのだ。もしかしたら俺以上に。

俺が、なぜ小説を書かずにいられないのか。

なぜ何者かによって「書かされて」いるのか。

それは、読まれて初めて生命を灯《とも》す「小説」というものが、どこかの誰かにとって必要な物語の、言葉の集結だからだ。たとえそれが百年後でも。

このめんどくさい俺に与えられた、とんでもなく大きな喜びが大波のように襲ってくる。

そうだ、そうだった。俺も知っていたはずだ。

刷られるのが百万部であろうとたった一部であろうと、結局、一冊の本を通して作家と読者は一対一の会話をしているのだということを。

俺はたったひとりで書いている。

開かれたページの向こうにいる、たったひとりの読者にむけて。

どこか遠くて近いところから「あずけられた」何かを、差し出したくて。

届くべき人のところに届くべきものが届きますように。

そんなふうに俺は、この静かな夢を見続けている。


俺は唐突《とうとつ》に訊《き》きたくなった。

「なんで俺と結婚したの」

多恵は「へ？」と訊き返し、さらりと答えた。

「よくわからないけど。この人、おもしろそうだなって、それだけ」

「……そうか」

嬉しかった。すべての肯定が、そこにあった。

きっと彼女の読みは当たる。何よりも信じられる。

多恵は笑いだす。

「なんなの、急に」

俺も笑った。

「まあ、いいじゃないか」

そして、そんなに遅くならないうちに帰ると告げ、電話を切った。「木挽町よしや」にも、きっと寄ろう。

そのとたん、待ち構えていたかのようにスマホがバイブし始める。

ブーッ、ブーッ。繰り返される長い振動。

画面に表示された北沢の名前を、俺はしばらく、ぼんやりと眺めていた。

5章　君は確か

遠くから見ているだけなら幸せだったのかもしれない。

期待もせず傷つきもせず、ただ恋《こ》うだけの満たされた平穏《へいおん》があっただろう。

だけど私は、踏み出してしまったのだ。あの一歩を。


歌舞伎座《かぶきざ》から出ると、目がちかちかした。

アスファルトの道路、鈍《にぶ》く光るビル、背の高い街灯《がいとう》。見慣れているはずの硬質《こうしつ》な建造物が視界を埋め尽くし、私は少しだけ混乱する。

さっきまで、江戸時代にいたのに。

観客席を立ち、エレベーターの箱に乗り、あっというまに戻ってきた現代。私が歩けば、ヒールの音がかつかつと鳴った。

素晴らしい舞台だった。演者の堂々たる華《はな》やかさは圧巻だったし、趣向《しゆこう》を凝《こ》らした舞台装置も見事だった。物語の運びにも明るいテンポがあり、江戸の人々の暮らしや想いに心が震《ふる》えた。

歌舞伎を余すところなく楽しもうと思えば、何ヵ月も前からチケットを取り、朝から夜まで一日がかりの観劇になるけれど、一幕見席《ひとまくみせき》というものがあると教えてもらってからはそちらで時々歌舞伎座を訪れている。前日や当日に、観《み》たい演目だけ購入できるのだ。値も張らず、予定の都合もつけやすい。席は四階で舞台からは遠いものの、そのぶん、空から地上を眺《なが》めるような見晴らしの良さが私には心地よかった。

そんなふうにカジュアルに楽しめることもあって、一幕見席の客層は一階席よりもバラエティに富んでいる気がする。外国人も多いし、若い人たちも気軽に観に来ているのがわかる。今日、斜め前に座っていた和装の男性は、膝《ひざ》に重箱《じゅうばこ》のようなものを載せていた。幕間《まくあい》に弁当を食べるのも楽しみのひとつなのだろう。陽《ひ》に焼けた体を前に乗り出すようにして熱中していたので、歌舞伎鑑賞が初めてだったのかもしれない。ちょっとだけこの世界を見てみたいという初心者にも、一幕見席は優しい場所だ。

中央通りに向かおうとして、ふと足を止め、歌舞伎座を振り返る。

唐破風《からはふ》の瓦《かわら》屋根が施《ほどこ》された入口には、一列に並んだ赤ちょうちんが灯《とも》っている。紫色の幕の手前に大きなポスターボードが立てられていた。

大きな文字で演目が書かれ、役者陣の鮮やかな姿が目を引く。その中でひときわ目立つ、妖艶《ようえん》な流し目の歌舞伎役者。そこに「喜代助《きよすけ》」の名前を見つけ、私はほほえむ。

私は、銀座《ぎんざ》のクラブ「クロノス」でホステスをしている。

喜代助さんは、私がこの仕事を始めたころからの常連客だ。一昨年《おととし》、ママとして就任したときも一番喜んで祝ってくださった。出会ってからもう九年になる。

気ごころが知れるようになったとはいえ、彼とプライベートで会うことはない。だから観劇しても楽屋挨拶《あいさつ》などはせず、感想なども事後報告にしている。

店での私と、こうして街を歩いている私との自分なりの線引きはある。だけど、お客様とばったり会うこともあるから気は抜けない。今日、歌舞伎座に行く前もそうだった。

原則としてお客様には姓に「様」をつけるようにしているが、「様じゃなくて、さん付けがいい」とか、ご自身のニックネームで呼んでほしいとリクエストされればそれに従う。さっき会ったドラゴンズファンのあのお客様は、「ディーさん」と呼ばれるのを好んだ。しかし外でうかつにそれを言っていいかはわからないので、口にはしない。

クラブという場所は、おとぎの世界だ。お客様はネオンの森をくぐり、優雅にしつらえられたこの空間にやって来る。リアルの延線にある、極上《ごくじょう》のファンタジーを味わうために。

彼らが何を望んでいるのか、私たちが何を提供できるのか。

お互いが役者だ。しらけさせてはいけない。

私はクロノスで「理世《りよ》ママ」という演者になる。それは、私をもっとも奮《ふる》い立たせてくれる配役だった。

二十七歳のとき、大失恋をした。

三年ほど交際していた恋人から、他に好きな人ができたとメール一本で振られたのだ。私にとってはまったく突然の出来事で、本当にびっくりした。何度か、将来の話もしていたから。前日まで、問題なくうまくいっていると思い込んでいたから。

彼は会社の同僚で、私たちの関係は社内でも公認だった。社員数十五人ほどの小さな衣料品メーカーだったから、アットホームといえば聞こえはいいけれど、人間関係は狭かった。私はそこで、経理をしていた。

彼の言う、他にできた好きな人というのは、彼と同じ営業部にいる新入社員の女の子だった。彼女だって、私と彼とのことを知っていたはずだ。

すべてが信じられなくなった。

その恋人のことも、自分のことも、誰のことも。

私だけが気づかなかったのだ。会社のみんなは、とっくにわかっていたのに。

気の毒がられるのも励《はげ》まされるのも腫《は》れ物に触るように遠ざけられるのも、どれもつらかった。それで私は、会社を辞めた。

しばらく自宅のワンルームに籠《こも》って伏せったあと、重い腰を上げて就職活動を始めた。田舎《いなか》から出てきて一人暮らしをしている自分を食わせるには、働くしかなかった。

求人広告で芸能事務所の事務の仕事を見つけて応募した。面接までこぎつけたものの、結果は不採用だった。

しかし数日後、面接官だったマネージャーからあらためて連絡があったのだ。手がきれいだから、もし興味があったらハンドモデルをやってみないかと。

その芸能事務所には、パーツ部門があった。手や足、髪、唇《くちびる》など、部位的なモデルを専用としているセクションだった。

他に仕事のあてもなく、私はもう一度、事務所を訪れた。

ハンドモデルは「手タレ」とも呼ばれていて、雑誌記事や広告、商品パッケージ、CMなど、予想以上に需要はあった。だけど、「手に表情をつける」なんてことを仕事にするには専門的なレッスンを受けなければならなかったし、日常生活に大きく関《かか》わるほどの制約や慎重なケアも必要だった。手を傷つけないよう触るものには厳重に注意し、過剰《かじよう》なほどの保湿、ささくれひとつ作らない健康維持が求められる。夏でも手袋は必須《ひっす》だった。

それでも、私はやってみたいと思った。手がきれいだと褒《ほ》められたのは嬉《うれ》しかったし、打ち込めるものが欲しかったのかもしれない。

恋人なんて、もういらない。絶対に、いらないから。

ハンドモデルとして所属することを決めたあと、マネージャーに紹介されたのが、あや子さんという四十歳過ぎの女性だった。

彼女は事務所の社長の奥さんで、半年前に結婚したばかりだといった。以前から、タレントに所作《しょさ》や立ち居振る舞いをレクチャーする講師として関わっていたらしい。ハンドケアの仕方や、ニーズに合わせた手の動きなど、ていねいに教えてもらいながら、私たちはいろいろな話をした。

「ねえ、理世ちゃん、うちの店で働かない？」

あるとき、そう言われて、最初はなんのことかわからなかった。

「私、銀座で『クロノス』っていうクラブを経営しているの。ハンドモデルだけじゃ収入も不安定だろうし、何よりあなた、ホステスに向いてるわ」

ハンドモデルはともかく、ホステスなんてあまりにも未知の世界で、自分にできるとは思えなかった。そもそも、接客業の経験もゼロだ。

「私、話すの下手《へた》ですし、無理です」

あわててそう言うと、あや子さんは「そう？」と首を傾け、こう続けた。

「聞くのがすごく上手《じょうず》よ。そちらのほうが、うんと難しいの。あなたにはその才能がある」

そうなんだろうか。

私にはよくわからない。だったら、振られたりなんかしないんじゃないだろうか。

「それに、美人じゃないし……」

内心、それが一番の問題のような気がした。顔のつくりもセンスも、地味な自分にはいつもコンプレックスがあった。

あや子さんは、はらっと和花《わばな》のように笑った。

「美人って、どんな人のことを言うのかしら？　あなたの醸《かも》し出す独特の雰囲気、とっても魅力的よ。そういうのってね、誰かが教え込んで昨日今日で作れるものじゃないのよ」

うつむいている私に、あや子さんは続けた。

「自分の良さも悪さも、客観的にちゃんと認識するのは簡単じゃないわ。だから、人から言われたことは、いったん素直に受け止めなさい。他者から映る自分をひとつの指針にするのよ、参考程度でいいから」

振られたばかりの私にとってあや子さんの言葉は大きな励ましだったし、こんな「お姉さん」がそばにいてくれることが心強かった。

正直なところ、夜の世界への恐れはあった。しかしあや子さんが貸してくれたシックなドレスは私に初めての高揚感《こうようかん》を与えてくれたし、マスカラの塗り方ひとつで生まれ変わったような自分の表情を見つけて驚いた。それで試しに週二日くらいのヘルプからスタートし、あや子さんの「予想を上回る優秀さね。あなた、水が合ってるわ」という言葉にプッシュされて、すぐに常勤で働くようになった。

「あや子ママがじきじきにスカウトした」というだけでも珍しいことだったらしく、お客様たちは私に興味を持ってくれ、とても好意的にしてくれた。クロノスは銀座の中でも高級店で、お客様は皆、紳士《しんし》ばかりだった。

あや子さんの言うように、自分にこの仕事が向いているかはわからない。でも、やってみれば本当に、私は人の話を聞くのがとても楽しかった。相手のささいなリアクションから心の動きを読み取り、どんなふうに接するか、意識すればするほど新しい発見があった。自分の知らなかった自分を知って、私はようやく地に足が着くような手応《てごた》えを覚えていた。

もちろん、楽なことばかりではなかった。職業に偏見《へんけん》を持たれているのを感じることもあったし、危険な目に一度も遭《あ》わなかったとは言えない。店内でも、ただ仲良くだけやっていられないホステス同士の人間関係にも心を砕《くだ》いた。

だけど、外でも内でも起こりうるさまざまな状況を踏まえて、私はたくさんのことを勉強したり考えたりする機会を得たのだと思う。社会で起きていることに強い関心を持ち、積極的に本や映画に手を伸ばすようになったのは、間違いなくこの仕事を始めたことがきっかけだった。そうすることで、自分の身も心も守れるように。

あや子さんについていたお客様が、指名を私に変更してくれることも増えていった。あや子さんはそのことをむしろ喜んで、きめ細かなサポートをしてくれた。だけど私は正直、あや子さんからお客様を離してしまったのではという罪悪感もぬぐえなかった。

「ママっていうのはね、結婚すると、客と同志になるんだよ。そこからがまた、おもしろいつきあいになる。だからこれは好展開だ。理世は理世の思うまま、しっかりやればいい」

そう言ってくれたのは喜代助さんだ。そして彼は少しだけ顔を傾け、問いかけてきた。

「しっかり、って、漢字でどう書くか知ってるかい?」

どう書くのだろう。私が考えていると、喜代助さんはコースターの裏にボールペンで、さらっと一文字、「確」と書きつけた。

確り。

「確かな自分を、持てばいい」

私は、あや子さんにも、お客様にも、たくさんのことを教えられ、育ててもらったと思う。そして三十四歳のとき、私はあや子さんの任命でクロノスの雇われママになった。

私がママになってから、あや子さんは店に立つことを退《しりぞ》き、完全に経営側に回った。

最初から自信があったわけではないけれど、今はホステスである自分に誇りを持てる。

後輩の女の子たちからもスタッフからも、頼りにしてもらえているのを感じる。

あや子さんやお客様が私に任せてくれたこの大切な店を、きちんと切り盛りすることに全力を注《そそ》ぎたい。

恋人なんて、もういらない。絶対に、いらないから。

………あのときみたいに、そう思えたらどんなにいいだろう。

昼過ぎ、友治《ともはる》くんからラインが来たことはすぐに気がついた。

「今夜、会えませんか」

私は既読にしたまま、返信できずにいる。もう陽が傾きかけているというのに。

とうとうきた。きっと別れ話だ。

仕方ない。十二歳も年下の彼が、いつまでも私を好きでいてくれるはずがない。最初からわかっていたことだ。またひとりに戻るだけ。それだけ。さっきからそうやって、自分を慰める言葉を探している。

二年間続いたなら、もったほうかな。

もっともそれは「交際期間」であって、私が彼と出会ってから五年が経《た》つけれど。


お客様のひとりが芝居のチケットをくれたのは、ほんのなりゆきだったと思う。

談話の途中で彼が手帳を開いたとき、挟《はさ》まっていた紙を見て私に言ったのだ。

「ああ、これ、忘れてた。知り合いが脚本を書いた芝居なんだけどね、来週いっぱいか。招待してもらって悪いけど都合つかないな。席が空《あ》いちゃうの申し訳ないし、よかったら行ってやってくれる？」

本や映画と同様、私は観劇にも時々行っている。「ええ、喜んで」とそのチケットを受け取った。そのお客様が次にお店にいらしたとき、会話の元にもなるだろう。

翌週の日曜日、その芝居の最終公演を観るために、私は下北沢《しもきたざわ》の小劇場を訪れた。パイプ椅子《いす》がぎゅうぎゅうに並ぶ、狭くて暗い芝居小屋。椅子の上には、その芝居の内容や出演者の名前が載ったチラシと、アンケート用紙が置いてあった。

シチュエーション・コメディ。開演前に軽く目を通したチラシにはそう書いてあった。自分はひとりぼっちだと思い込んでいる人々が、食い違いや誤解を重ねながら心を合わせていく、そんな物語だった。おかしみがあって、不条理《ふじょうり》で、そして優しさが流れていて、私は何度も、笑いながら涙ぐんだ。

その中に、河童《かっぱ》の役をやっている男の子がいた。

ほとんど全身タイツみたいな緑色の衣装。頭にはお皿を載せている。彼の出番は少なくて、笑いを取るための仕掛けのようにも見えた。でも話が進むにつれ、彼は出ずっぱりの主人公に大きな気づきを与えていく。この芝居にとって重要な役どころでもあった。

私はその河童の子に釘付《くぎづ》けになった。

泣きそうで、せつなくて、一方でとても愛くるしい表情が、心を惹《ひ》き付けてやまなかった。冗談みたいな恰好《かっこう》をしていても端整《たんせい》な美貌《びぼう》は隠しきれなかったし、ぴちぴちの衣装は、彼のスタイルの良さをこれでもかというくらいに見せつけていた。

芝居が終わり、出演者が全員並んだ端《はし》っこで、彼は誰よりも深く長く頭を下げていた。そして顔を上げると、ほっとしたような素《す》の表情を見せた。こういう顔もするんだ。

一同が舞台から退場するとき、彼の隣にいた若い女優さんが何か話しかけたのが見えた。セーラー服を着た、高校生役の女の子だった。彼はさわやかに受け答えていて、その自然な笑顔がチャーミングだった。

客席が明るくなるとすぐ、私はチラシで彼の名前を確認した。

友治。

ともはるくん、というのだ。あの子は。可愛《かわい》い響き。

そして、その名の脇にカッコ書きされた所属事務所の名前を見て驚いた。私がハンドモデルとして所属しているのと同じところだった。

運命？

一瞬、そう思ってしまった。ばかみたいに。

同じ事務所に属していても、仕事は現場に直接行くことが多いので、他のタレントと知り合うことはほとんどない。パーツモデルは基本的に単独だからなおさらだ。

私はアンケート用紙の感想欄に「河童さんがとっても素敵でした」とだけ書き込んで椅子の上に置くと、劇場を出て近くのファミレスに入った。

席についてドリンクのオーダーを済ませ、事務所の公式サイトで彼の名前を検索した。

プロフィールによると、そのとき友治くんは十九歳だった。現役の大学生。その時点で三十一歳の私と十二歳違うと知った。でもそれは私をちっとも落胆《らくたん》させなかった。だって彼は、私にとって現実の恋愛対象ではなかったからだ。いわゆる「推《お》し」を見つけたというライトな感情は、むしろ私を華やかな気持ちにさせてくれた。

彼がSNSをやっていることに気づくと、私もアカウントを作ってフォローすることにした。もちろん、彼を応援するための専用のものだ。

彼のフォロワーは三百人ほどだった。それが多いのか少ないのか、よくわからなかった。でも、ここに私ひとりがまぎれても特に注視されることはないだろう。

アカウント名は何にしようか、ものすごく迷った。

そのまま「りよ」にするなんてありえない。逆に、どんな名前にしてもいいのだ。ここでは誰にでもなれるのだ。

名前……名前。身近な名前といえば「あやこ」だったが、私があやこになるのは恐れ多くて気が引ける。

あやこ……りよ、と考えていて、思いついた。

ありす。

いい。不思議の国に住んでいる少女のようで、すごくいい。

それで私は「ありす」の名でアカウントを作り、彼のフォロワーのひとりとなった。

友治くんを追いかけるとき、私は「ありす」だった。あのセーラー服を着た女優さんぐらいの、彼と同年代の女の子だった。

こんなことは、誰にも言えない。知られたくない。

そんなひとりじめのフィクションを、私は生きていた。

ハンドモデルを辞めようと決めたのは、クロノスのママとして就任したことと、ここが潮時《しおどき》だと判断したからだ。

年齢が顕著《けんちょ》に表れるのは、顔ではない。手だ。

もちろん、何歳になっても需要に合わせた仕事はある。ただ、撮影に耐えうる手をキープするエネルギーを、この先、私はホステス業に注ぎたかった。

マネージャーを通して事務所に退職を告げ、春のやわらかな雨が降る中、最後の挨拶に行った。

そしてロビーに下りたとき、息が止まった。

友治くんを見かけたのだ。

彼は江古田《えこだ》さんという男性スタッフと一緒にいて、何か軽く話をしていた。

最後の最後に、こんなこと。

私は跳ね上がる心臓をおさえながら、逡巡《しゅんじゅん》した。

そしてひとつ深呼吸をし、彼の前を通っても不自然に思われないよう、それとなくエントランスから遠回りをして近づいた。

そう、わざわざ近づいたのだ。事務所関係者として平静を装って。

すれ違いざまに私はそっと会釈《えしゃく》をした。きっとにやけていただろう。彼も、フラットに会釈を返してくれた。私にはもう、それでじゅうぶんだった。ハンドモデルの最終日に、とびきりの記念がもらえた。そう思った。

ああ、そうだ。もう手袋なんてしなくていいのだ。私が手袋を外《はず》し、エントランスを出ようとしたところで、江古田さんに「理世ちゃん」と声をかけられた。

振り向くと、江古田さんの隣で友治くんが私をじっと見ていた。

あの顔が私を見ているなんて、本当にびっくりした。現実のこととは思えなかった。

私がふたりの前に立つと、江古田さんが彼を紹介してくれた。

「こちら、友治くん。今日で辞めちゃうけど」

ショックだったけど、やっぱりそうなのかとも思った。ここ数ヵ月、ほとんど露出《ろしゅつ》がないのを感じていたからだ。大学卒業のタイミングでこの世界を退くのはまったくおかしいことではなかった。でも、辞めちゃうのか。そうなのか……。

「私もです」と言いながら、思わずしゅんとしてしまった。友治くんの姿を見るのは、これが本当の意味で最後なんだなと思ったら、さびしかった。

すると友治くんは人懐《ひとなつ》こく、「SNSやってます?」と訊《き》いてきた。

やってます。私、「ありす」です。友治くんのアカウントをフォローしてるし、いいねも押してます。

そんなことが一瞬にして頭をかけめぐったが、言えるはずもない。

「SNSは、やってないんです」

私が答えると、友治くんはちょっと目を泳がせたあと、ジーンズのポケットからスマホを取り出した。

「あの、すみません。僕と江古田さんとのツーショット写真、退所日記念に撮っていただけませんか」

江古田さんは「え、俺《おれ》?」と照れ笑いをした。私はうなずき、彼からスマホを受け取った。そして三枚ほど写真を撮って返すと、友治くんはこう言った。

「よかったら三人でご一緒にいかがですか。その、記念に」

記念に。

私が返事をする前に、江古田さんが「いいねえ、撮ろうよ」と、受付にいた女性を手招きした。

江古田さんを真ん中にして、私たちは横並びに立った。

めまいがしそうだった。

スリーショットとはいえ、友治くんと写真を撮るなんて。

私はすっかり何も言えなくなっていたが、その様子を友治くんはどう受け取ったのか、

「あ、これはSNSには上げないので安心してください」と早口で言った。

そしてスマホを掲げ、私に笑《え》みを向けた。

「写真、送ります。よかったらラインとか」

びっくりした。でも、彼と同世代の若い子たちにとっては、初対面でもこんなふうにラインのＩＤを交換するのはごく普通のことなのかもしれない。私は酩酊《めいてい》した気分のまま、バッグの中のスマホを探った。

その日の夜、友治くんは、タレント活動を辞める報告の投稿を上げた。お世話になった方、応援してくれた方への感謝と共に。私は心をこめていいねを押した。

だけど、翌日にはもう、彼はアカウントを消してしまった。ありすがこれまで何度も押していた、友治くんへの「いいね」のハートごとの消滅だった。

あとかたもなく、あっけなく、泡《あわ》みたいに。


初めて友治くんからラインに連絡があったのは、その三日後だ。

着信しただけでも嬉しかったのに、礼儀正しい挨拶文が添えられた記念写真に続き、「よかったらお茶でもしませんか」というフキダシが現れて驚愕《きようがく》した。

なんと答えればいいのか半日悩んだが、よくよく考えれば、私がドキドキしているのは不遜《ふそん》な気がしてきた。

友治くんはなにも、特に深い意味で誘っているわけではないのだ。事務所でたまたま会った同輩と、ちょっと世間話でもしないかという程度のことで、彼は軽いノリなのだからこちらも軽く返せばいい。

四月から広告会社での勤務が決まっているとも書かれていたので、「就職祝いしましょう」と返信し、それから数回のやりとりのあと、初めてのラインから一ヵ月後の日曜日の昼下がりに、恵比寿《えびす》のホテルラウンジでアフタヌーンティーをすることにした。

スイーツを挟んで向かい合った友治くんは、河童でもタレントでもなくて、普通の男性だった。ケーキをほおばり、江古田さんのおもしろエピソードや、花粉症で困っているなんて話をしてくれた。顎《あご》に、ちっちゃなニキビがあった。生きている人間だった。それがかえって、まぶしかった。

私は後から痛手を負うのがいやだったので、なるべく早いうちに自分の年齢を告げた。すると彼は体をのけぞらせた。そんなにおばさんなんだと驚いたのだろう。やっぱり少々傷ついたけれど、初期段階で伝えられてよかった。

ホステスをしていることも、そのままダイレクトに話した。こちらに関しては、彼は動じたふうもなく、「ママってことは、責任者なんだ。すごいな」と言われて拍子抜《ひようしぬ》けしたぐらいだ。

こんなふうに友治くんとちょっとした知り合いになれたなんて、それだけでものすごくラッキーだと思えた。むしろ恋愛対象外なことに、私は安堵《あんど》を覚えた。だってそれなら、よけいな欲をかかずにすむ。

そしてそろそろお茶会をお開きにしようとしたとき、突然、彼が言った。

「好きです」

あまりにも想定外だったので、思わず「何を?」と訊き返しそうになった。彼は真っ赤な顔で私をまっすぐ見つめていた。それで、数秒かかってやっと意味を理解した。

まさか、と思った。

だって、こんなきれいな子が。

こんなに若いのに。魅力的な女の子なんて彼の周りにたくさんいるだろうに。

「まだ会ったばかりよ」

そう大人ぶるのがせいいっぱいだった。なんなんだろう、この子は。自分が何を言っているのかわかってるんだろうか。

「じゃあ、また会ってください」

そう請《こ》われて、拒《こば》めなかった。二回め、三回めと、同じ場所で同じように会ったあと、再び彼は「好きです」と言った。

もう降参《こうさん》だった。私も後には引けないくらいに友治くんを好きになっていた。

だから、甘く鳴りやまない胸を押さえながら、ただ「ありがとう」と答えるしかなかった。ありがとう。また恋人を愛することができる私にしてくれて。

それでも、つきあいをスタートさせた私に歯止めをかける要素はいくつもあった。

彼は私を自分の部屋に招き入れてはくれなかった。

お兄さんと住んでいるのだと言った。ちょっと上《うわ》ずった声で、目線を合わせずに。それが事実かどうかは、どうでもいい、と思うことにした。深追いをしても自分にダメージを与えるだけのような気がしたから。

街を一緒に歩いているとき、彼はたまに、おずおずと手をつないでくることがあった。嬉しかったけど、私たちのことを、人に見られたくなかった。きっと不釣《ふつ》り合いだと思われているだろう。たとえば若い女の子が脇を通り過ぎるとき、ちらっと彼を見るのがわかる。友治くんは、自分がどれだけ女の子の視線を集めるかわかっていない。

だから私は、外よりも自分のマンションで会うことを好んだ。

ママ就任のとき、あや子さんが夫婦で持っている不動産物件のうちの一部屋を、通常月額の半分でいいからと貸与《たいよ》してくれたのだ。

「いい部屋に住みなさい」というのがあや子さんの教えだった。

「人っていうのはね、毎日見ているものがそのまま心と体に出るのよ。気持ちいいものに囲まれて、美しいものを見なさい」

ホステスとハンドモデルのダブルワークで、私にはそこそこの蓄《たくわ》えがあった。それまで住んでいた1DKを引き払い、持ち物や家具を一式新調した。

あや子さんの言うとおり、気持ちいいものに囲まれることは身も心も安定させた。そして私にとって美しいものとは、まさに友治くんという恋人だった。もう何もいらなかった。

一年ほど経《た》ったころだろうか、店で喜代助さんと干支《えと》の話になったことがある。

「俺と理世は干支が同じだね」

言われてみれば彼は私のちょうどひとまわり年上で、なるほど、十二歳の年の開きは、こんな感じなのかと思った。

私が喜代助さんに対して思う距離感と同じものを、友治くんも私に抱《いだ》いているのだ。男女がさかさまなら、さらに違うのかもしれない。

干支が同じの私たち。十二年のサイクル。私の頭の中で、動物たちがぴょんぴょんと跳《は》ねては去って行った。

「こんなにいるのね、十二匹《ひき》……」

私はぼんやりと、ひとりごとをつぶやいた。

そのときテーブルには喜代助さんとふたりだけで、心が緩《ゆる》んでいたのかもしれない。

「彼氏も同じ干支なのか」

喜代助さんが言ったのでドキリとした。

名歌舞伎役者の鑑識眼《かんしきがん》は、本当に侮《あなど》れない。恋人がいることさえ、私は一度も伝えていなかったのに。

私は何も答えずに唇の端を上げたまま、喜代助さんのグラスにコニャックのお代わりを注いだ。

彼はグラスをゆったりと揺らしながら「俺が言い当てたからって、そうこわがらなくていいから」と笑った。

「芝居はね、観客席からが一番よく見えるものだよ。舞台に立っている我々演者には、まったく見えないことばかりだ」

それを聞いて私は、かつての恋人のことを思い出した。

観客席にいた会社のみんなからは、私たちの三角関係がよく見えたことだろう。私にはうかがい知れなかった風景が。

今の私だってそうだ。自分のことなんか見えない。

顔でさえ、鏡に映らない部分は把握できない。少しずつ変化していく手の皮膚や節《ふし》を眺めて、時の残酷《ざんこく》さを思い知るだけだ。

でも、だったらどうしたらいい？

私にできるのは、友治くんが私からいつ離れていっても大丈夫なように、心が深入りしないように、頑丈《がんじょう》なプロテクターを着け、ストッパーをかけ続けることしかなかった。

年上であることを利用して、大人のふりをして。

だけど、月日を重ねるごとに自分の気持ちはどんどん強くなってしまっている。きっと彼にもそれが伝わっていて、もう重いと思われているだろう。

友治くんの寝顔を見つめていると、いっそ彼が現実の人じゃなければよかったとさえ思う。何の前ぶれもなく遭遇《そうぐう》した新鮮なときめきを追いかけて、深い穴にすっぽりと落ちてしまった私は「ありす」だ。

それなら、いつまでも永遠にこの物語の世界にいられたらいいのに。私たちのどちらも年を取らないで、誰も来ることのない部屋にふたりきりで、ずっと。

歌舞伎座から中央通りに出た。

三越《みつこし》の前まで行き、和光《わこう》の時計を見上げると十六時を少し過ぎたところだった。歩道も車道も、人々であふれかえっている。春のお出かけ日和《びより》で、歩行者天国はいつにも増してにぎわっていた。

出勤までまだ少し時間がある。クロノスの開店は二十時からで、スタッフはもうそろそろ準備を始める頃だが、ホステスが店に入るのは十八時ぐらいだ。土日は混まないけれど、中には週末しか来られないお客様もいるから、日曜日だけをお店の定休日にしている。

私の仕事が引けるのはいつも、日をまたぐ。だから友治くんと会うのはだいたい日曜日で、土曜日の当日に彼が「今夜」などと指定してくることはめったになかった。ということは、やはり、重大な話を切り出してくるに違いない。つらい予感しかなくて、ざわざわした。

打たなければならないラインの返信については、出勤まで街を歩きながら考えよう。久しぶりにデパートめぐりでもしようか、それともどこかでお茶しようか。

そんなことを考えていたら、スマホにショートメールが入った。

店長の横谷《よこや》さんだ。あや子さんがクロノスを開店したときにボーイだった彼は、昇進してからも誰に対しても低姿勢で思慮深い。「お疲れ様です」から始まる文面も、とてもていねいだ。

「まだご自宅でしょうか。実は今、紗奈《さな》がメイクルームに来ておりまして……。理世ママと話したがっているようなのですが」

紗奈が。

彼女は、四年ほど前にクロノスに入った後輩ホステスだ。

こんなふうに、ママに相談があると言って、他のホステスが来る前にメイクルームで話をしたがる子は時々いる。だからそれ自体は珍しいことではないけれど、紗奈はそういうキャラクターではなかったし、何しろ急な話だった。

今日はなんだかみんなして、突然な日だ。

私は道端《みちばた》に立ったまま、「ちょうど銀座にいるので、すぐに行きます」と返信する。

横谷さんから「紗奈に伝えます」と返ってきて、そのあと、彼にしては少し長めのメッセージが続いた。

「余談ですが、SNS界隈《かいわい》で銀座に人魚が逃げたともっぱらの噂《うわさ》ですから、見つけたらご一報を（笑）。どうやら王子が人魚姫を探しているようで、タイムリミットは五時までとのこと。まだその後の情報は上がっていない模様です」

ご親切に、人魚騒動をまとめたネット記事のURLも貼ってある。王冠をかぶった王子の画像も麗《うるわ》しい。

人魚が逃げた？

私は思わずあたりを見回し、くすりと笑った。

今夜、お店での話題のひとつになるだろう。横谷さんは、ネタ仕込みも兼ねて教えてくれたのかもしれない。

『人魚姫』。あれはどんな話だったかと、思いめぐらせる。

たしか、海の上に浮かび上がった人魚姫が、船にいる王子を見て恋をするのだ。

私は不意に胸の奥を突かれて、つんとせつなくなる。

船上の王子は、舞台に立つスターに見えただろう。海という観客席で人魚姫は、ただこっそりと彼を見ているだけの至福を味わっただろう。

それだけではとどまらず、自ら陸へと踏み出し、初めて目線を合わせた王子は、彼女にとってどれほどまばゆく映っただろう。

そして彼女は王子のそばで、何度胸のしめつけられる想いをしたのだろう。

あのまま海にいれば、美しく華《はな》やかな思い出のまま、平和に時を重ねていけたかもしれないのに。


店に着くと、横谷さんが困った顔をして、控室にもなっているメイクルームの扉を見やった。

私は目配《めくば》せをし、メイクルームをノックする。少し間があって、「はい」という紗奈の小さな声がした。

ドアを開けると、休憩用のテーブルセットの椅子に座った紗奈が正面からこちらを見ていた。顔に泣きはらしたあとがある。

後輩の相談事といえば、恋愛、お客様とのトラブル、辞職、大きく分けてそのうちのどれかだ。紗奈のしっとりした表情からすると恋愛だなと感じながら、私はメイクルームに入って行く。

「今日はいいお天気ね。喉《のど》がかわいちゃった」

私は紗奈にほほえみかけながら、給水機に紙コップをセットし、水をふたつ汲《く》んだ。

紗奈の前にコップを置き、もうひとつは向かい合わせの席に置く。そしてそこに座り、私は水を一口飲んで「おいしい」と言った。

紗奈は胸元に瀟洒《しょうしゃ》なレースのついた白いドレスを着ていたが、メイクはしていなかった。素顔にパールのピアスだけが光っている。長い髪の毛も少し乱れたまま垂《た》らしていて、ヘアをきちんと結《ゆ》ったりまとめたりするのが得意な紗奈なのに、今はそんなことにも気が回らない様子だった。

私が聞く態勢を取ったことを悟ると紗奈は、震える声で言った。

「………彼と、お別れしてきました」

やっぱり、恋愛か。

奇遇《きぐう》なことに、私も今日、紗奈と同じことになりそうだ。

心のうちでそんなことを思いながら、私は紗奈を見つめる。

「おつきあいしている人がいたのね。知らなかったわ」

紗奈はうなずき、目を潤《うる》ませる。

「でも私は最初から、結ばれるはずがないと思っていました。私たちがうまくいくわけないって。彼が私を好きになってくれたのはきっと気の迷いのようなもので、はじめのうちだけだって」

なんだか自分のことのようで、私は口をつぐむ。紗奈は顔を上げ、ほんの少し笑みを浮かべた。

「理世ママ、私が初めてクロノスに来たときのこと、覚えてますか？」

「ええ、もちろん」

紗奈は面接のとき、すっきりした口調で「家出してきました」と言ったのだ。

「だから私は何も持っていないんです。行く場所も、家族も、お金も、失うものも」

あや子さんがゆっくりひも解くように紗奈の話を聞いてみると、彼女は由緒《ゆいしょ》正しき良家のお嬢様《じょうさま》で、子どもの頃から古いしきたりや窮屈《きゅうくつ》な家訓に縛《しば》られてきたことが耐えられず、二十歳を迎えたのと同時にほとんど身一つで飛び出してきたのだという。

「家のほうは、姉がいるから大丈夫です。私はいつも、姉の予備みたいなものだったし。これからは自分の人生を生きます」

あや子さんは「いいじゃない、気に入ったわ」と合格を出した。

紗奈は清楚《せいそ》な雰囲気の中にどこか強い芯《しん》が見えたし、所作《しょさ》の美しさもさすが申しぶんなかった。彼女はクロノスで売れっ子になり、ぐんぐん成長した。私も、後輩が育つというのはこんなに嬉しいものなのかと実感した。

紗奈がみんなに見せてくれたあの清らかな笑顔が、今は物憂《ものう》げに曇《くも》っている。彼女はぽつりと言った。

「……親族の間でこっそりと、姉に財閥《ざいばつ》との政略結婚の話が進んでいました」

話が急にお姉さんのほうに向かい、私は少し困惑《こんわく》した。

「お姉さんに？」

「はい。でも姉は、その気配を察してすぐ、交際中の恋人と海外にかけおちしてしまって。それで、親が私を連れ戻しにきました。姉の代打として私を引き渡すために」

「そんな……」

「今どき、昼ドラみたいな展開でしょう。いつの時代のどこの国の話かって。でも現代の日本でも本当にこういうことがあるんです。両家の繁栄のための結婚が」

両家の繁栄のための結婚。

そしてさらに「代打」という言葉の響きにも、紗奈の苦しみの深さが感じ取れた。モノのように扱われ、娘として人として尊重されなかったことが、幼い頃からあったのかもしれない。

面接のとき「家出してきました」と言った紗奈の、さっぱりした表情を思い出す。

それにしても……。

「結婚」というテーマは、いつまで私たちについて回るのだろう。誰かといても、ひとりになっても。つい、自分のことを考えてしまう。それはまさに今、私を苛《さいな》ませる題目のひとつだったから。

先週、友治くんと一緒に、動画コンテンツで映画『ティファニーで朝食を』を観た。オードリー・ヘップバーンが演じるホリーは、好意を寄せ合っている男性、ポールと一緒に、お互いがそれぞれ「やったことがないことをするデート」をするのだ。

彼女が行ったことのない図書館、彼が行ったことのない店。かの高級宝石店ティファニーで、お金のない彼らは店員に「十ドルで買えるものを」なんて頓狂《とんきょう》なリクエストをする。

なんのてらいも見栄《みえ》もない、背伸びのない、外でのデート。

「……すてき」

思わず心の声が漏《も》れた。ハッとしたけど、友治くんは画面を見たままだったから、たぶん聞こえなかっただろう。

私も本当は、こんなふうに、「やったことがないことをするデート」なんて無邪気《むじゃき》なことを、彼とやってみたかった。大きな口を開けて笑って、街を駆《か》けたりして。知らないことを素直に知らないって言って。家で機器の不具合をさっと直してくれる頼もしい彼に、外でも教えてもらいたいことはたくさんある。

そんな気持ちで映画を観終わったあと、近くのスーパーにふたりで食材を買いに出た。そうしたら、道で喜代助さんと偶然会った。近所に住んでいる彼とは、そういうこともままあったが、友治くんといるときは初めてだったので内心あわてた。

「あら、お久しぶりです」

それだけ言って通り過ぎようとしたら、喜代助さんが友治くんに目をやった。

「彼氏かい」

バレてしまった。

干支が同じの恋人が、年上ではなく、年下だということ。さすがの喜代助さんもそこまでは見抜いていないと思っていたので、猛烈に恥ずかしかった。

私が曖昧《あいまい》に笑みを浮かべていると、友治くんがいきなり、「そうです」と怒ったような声を上げた。

不機嫌な顔。

友治くんは、やっぱりイヤなのだ。誰かから私の彼氏だなんてひやかされるのが。

車道の端に停められた車の中で、喜代助さんのマネージャー、百合絵《ゆりえ》さんが待っていた。快活で笑顔に華のある、喜代助さんの従妹《いとこ》だ。私より七歳くらい年下だったと思う。

百合絵さんが私を認めて会釈してくれたので、私も返す。その間も、私は友治くんがなんだかイライラしていることに、すごく動揺していた。

「……家が、近所なのよ。うちのお店の常連さんなの」

なんとか会話をつなげようと、そんなことをわざわざ説明した。すると友治くんは、突き放すように「だから?」と言った。

自分の心に、バリアが張られていくのがわかった。

こういうときに感情的になるのは絶対に避けたかった。乱れた自分を見せたりしたら、彼をうんざりさせるだけだ。クールに大人のふりをすればいい。

動じてはいけない。確かな自分を持って、しっかり。

「だから何ってわけじゃないわ。偶然会ったから、挨拶《あいさつ》しただけよ」

しかしそのあと、友治くんは、あの女の人は喜代助さんの奥さんなのかと、百合絵さんについて訊《たず》ねてきた。

彼が他の女性について言及《げんきゅう》してくるなんてこれまでになかったことで、私はおもしろくなかった。そっけない会話が続き、あげくのはてに友治くんはこう言ったのだ。

「あんな人と結婚できたら、そりゃいいよね」

全身が、冷たく凍《こお》りついた。

友治くんは、百合絵さんみたいな女性と「結婚」をしたいのだ。

彼に対してその言葉をずっと避けていたことを、私はそのときはっきり自覚した。

友治くんが誰かと結婚するという未来が、急に現実味を帯びて感じられた。でもそれは若くて美しい女性であって、断じて私ではないのだと、明らかに言われたみたいだった。

あんな人と結婚できたら、そりゃいいよね。

「……………そうね」

私はそう答え、黙って歩き出した。

友治くんも何も言わなかった。

そうして気まずいまま、あの日からお互い連絡せずにいた。

今日の昼に、彼からラインが来るまで。


私はテーブルの上で組まれた紗奈の手をそっと握った。家に縛られたくなくて飛び出したのに、その家を守るために無理やり連れ戻され、愛する人と引き裂かれてしまったのだろう。ひどい話だ。慰《なぐさ》めてやりたかった。

「その結婚のために、好きな人とお別れしたのね」

「……違うんです。お別れしたのは……私が好きなのは、その政略結婚の相手です」

「え？」

どういうことだろう？

私が手を離せないままいると、紗奈は、ぎゅっと目を閉じた。

「親が私にこの縁談を強要してきたとき、あらゆる手段を使って拒否することだってできたと思います。でも、私はそうしなかった……」

そしてゆっくりと瞼《まぶた》を開き、語り始めた――――。

　――――私が八歳、姉の亜美《あみ》が十歳の頃でした。

庭で遊んでいると、父の書斎の窓から、知らない男の子の姿が見えました。

真っ白いシャツを着たその彼は、父から何かを教わっているようでした。私はその利発そうな男の子が気になって仕方なくて、樹々の陰からそっと見つめていました。癖《くせ》のある髪の毛は異国風で、くっきりとした目鼻立ちは彫刻の像のようでした。

　彼は十二歳で、父の重要な取引先の一人息子でした。父は数ヵ国の語学に長《た》けていて、スペインへ留学する彼のために簡単な講義をしているのだと、その日の夜、母に聞きました。今日を入れて三回だけ、土曜日の午後に彼はやってくると。

「お勉強をしているんですからね、邪魔しちゃだめよ」

　母はそう言いました。もちろん、邪魔などする気はありませんでした。一緒に遊びたいなんて思いもしなかったし、ただ自分の姿を知られることもなくあの素敵な男の子をまた眺めることができるのが嬉しくて、次の土曜日が待ち遠しくなりました。

　三度目の土曜日、私はまた庭で彼をこっそり見ていました。

　季節は春で、庭には花がたくさん咲いていました。手入れされた花壇の花も美しかったけれど、私は、芝生《しばふ》の隅で自由に育っている野花が好きでした。そしてそれらは、私たち姉妹がどれだけ摘《つ》んでも叱《しか》られたりしませんでした。

カタバミ、ナズナ、タンポポ、シロツメクサ。

私は書斎の窓の向こうにいる彼を想いながら、野花で花冠《はなかんむり》を作りました。彼から決して見えないように。

するとそのとき、姉の亜美がやってきたのです。

土曜日の午後、亜美はバレエのレッスンに行っていたので、いつもなら不在のはずでした。それがそのときだけ、先生の都合で早めに帰宅したのです。

「ねえ、あの子、カッコいい」

亜美が書斎にいる彼に気づき、窓のほうへ近づこうとしました。私は必死で止めました。

「邪魔しちゃだめだって、お母さんが言ってた」

それは口実でした。私だけの秘密の喜びを亜美に見つけられて、荒らされてしまうことが不本意だったのです。

小さなころから、そうでした。亜美は自由で、わがままで、だけどそれが愛されてしまう娘でした。華やかな顔立ちの朗《ほが》らかさには、周囲が許してしまうオーラがありました。

そのぶん、とりたてて特徴もなく影の薄い私は、両親からいつも厳しく扱われていたように思います。……いえ、厳しくというより、そっけなく。

「邪魔なんかしないけど」

亜美はちょっとふくれて、ぶちぶちと野花をむしりはじめました。彼女が庭で好む遊びは、花占いでした。好き、嫌い、好き、嫌い、好き。亜美はそう声に出しながら、花びらをぱらぱらと散らしました。

「好き、だって」

書斎では、ちょうど講義が終わったところのようでした。三回目のその日は最終日だったせいか、祖母も書斎に来て、皆でにこやかに話しているのが見えました。

「これ、あの子にあげようよ」

亜美は私の手から、ぱっと花冠を奪い、書斎のほうへと走っていきました。私はただ驚いて彼女を止める間もなく、急いで植え込みの裏にしゃがみました。とっさのことで恥ずかしかったし、亜美と並んで比べられるのはたまらなかったし、ずっと彼のことを見ていたなんて知られたら気味悪がられると思ったからです。枝の隙間《すきま》からそっとうかがうと、父が書斎の窓を開けて亜美と話していました。

そして亜美はちょっとかかとを上げ、父の隣にいた彼の頭に花冠をかぶせたのです。戦慄《せんりつ》にも似た震えに我が身を掻《か》き抱きながら、私はその様子を見ていました。花冠を載せ、亜美に優しく笑いかけるその表情は、まるで絵本に出てくる王子様みたいでした。私はあらためて彼に見惚《みと》れながら、少し放心していました。その感情が恋なのだとわかったのは、ずいぶん後になってからのような気がします。

もちろん、それからずっと彼のことを想い続けていたわけではありません。あの春の日の記憶は、子どもの頃の印象的な出来事としてずっと心の底にしまわれていました。

でも親から縁談の話を聞かされたとき、結婚相手として知らされたのがあの彼だとわかって、私は会いたいと思ってしまったのです。彼にとっては初対面でも、私にとっては初恋の人だったからです。

それで私は、まずは一度彼と会うことを承諾《しょうだく》しました。開かれた食事会は、互いの両親、祖父母も同席でした。

彼は少年時代のおもかげを残しながらもすっかり大人になっていて、いっそう私の心を揺さぶりました。彼のことをもっと知りたい、もっと会いたいと思いました。

たとえ政略結婚だとしても、姉の代打として使われたのだとしても。

そして食事会の数日後、祖母に呼ばれました。

先方が、この縁談をぜひとも進めたいと言っていると。

頬《ほお》を紅潮《こうちょう》させうつむいている私に、祖母は言いました。

「ただね、ちょっと釘《くぎ》を刺《さ》しておきたいことがあってね」

顔を上げると、祖母は険《けわ》しい顔つきで続けました。

「あのお坊ちゃま、紗奈のこと、『花冠の子だよね』って言ってるらしいの。初恋の人と結婚できるなんて、ドラマチックだなって」

棒で頭を打たれたような衝撃《しょうげき》で、思わず私はこめかみに手をやりました。

花冠の子。初恋の……。

言葉を失っている私に、祖母は畳《たた》みかけました。

「どうやら亜美と間違えてるね。私も覚えてるわ、亜美が庭からぱたぱた走ってきて、花冠を坊ちゃんの頭にかぶせたこと。あれは私から見てもかわいらしかった。それが初恋だったなんて、そりゃドラマチックでしょうよ」

祖母は満足げにうなずき、しゃべり続けました。

「まあ、そのおかげで縁談がトントン拍子で進んだから、なんてありがたいこと。姉は海外にかけおち、妹は家出して夜の蝶《ちょう》なんて、そもそもとんでもない極秘情報が多すぎて、私はずっと神経痛に悩まされてたんだからね、もうかんべんしておくれ。傾きかけていた我が家がこれでなんとか持ち直せそうで、やっとほっとしたよ」

彼の親族の間では、亜美は富裕層と結婚して海外移住したことになっていました。

そして私は、就職をせずにずっと家で手伝いや習い事をしていたことに。

「いい？　そういうことにしておくんだよ。姉妹の事情だけじゃない、坊ちゃんに花冠をかぶせた、あれは亜美じゃなくて紗奈だったんだよ。どれかひとつでも本当のことが知られたら、こんな良い縁談も取り引きも、ぜんぶ水の泡だからね」

私は真実を口止めされ、「新しい物語」を与えられ、そこで生きていくことを強《し》いられました。

そうして、結婚に向かって私たちの交際は始まりました。

彼と私は、魂《たましい》から惹《ひ》かれ合うような不思議な感覚で愛し合うようになりました。

夢のようでした。いつまでも話していられたし、いつまでも黙ってただ見つめ合っていられました。

だけど彼が私に花冠のことを言いかけたとき、私はすぐに遮《さえぎ》り、わざと明るくこう言いました。

「その話は、あまりしたくないわ」

「どうして？」

「恥ずかしいから……。大切に胸にしまっておいて」

彼はちょっとだけ笑い、特にいぶかしがることなく承知してくれました。「大切に胸にしまっておく」という言葉がロマンティックに聞こえたのかもしれません。それ以上、私たちの会話の中で花冠に触れることはありませんでした。

彼は温和な一方、情熱的で、会えばいつでも私をそばに置きたがりました。私は彼の愛情に満たされながらも、関係が深くなればなるほど、胸の底に暗雲のような不安がたちこめていくのを感じていました。

いつまでもこんな幸福が続くはずがない。私が彼に愛されるはずがない。このまやかしの楽園は、いつの日かすべて破壊されてしまうだろう。

そしてその不吉な予感は見事に命中しました。

今日のことです。両家の家族が集まって一緒にいるところに、彼の親族があわただしく乗り込んできて、すべてを明るみにしました。

姉がかけおちしたこと、私が家出してホステスとして働いていたこと。彼らは興信所《こうしんじょ》を使って調べ上げたのです。

「……嘘《うそ》をついていたのか」

彼のお父様が怒りに震えた声で言いました。姉妹のそんな事情よりも、一族そろって「作り話」で彼らを騙《だま》していたということのほうが重大な罪なのでした。

私の両親はあわてふためいて言い訳をし、祖母は卒倒《そっとう》せんばかりでしたが、私の心は静かでした。もう、なにもかもが終わりでした。こうなることが決まっていたみたいに。

私は皆から離れ、走り出していました。今度こそ、家を捨てよう。彼を忘れよう。またひとりになるだけだ、前と変わらず。そう思いました。

すると後ろから勢いよく腕をつかまれ、振り返ると彼がいました。

「待って、紗奈。話をしよう」

私は身をすくめました。いったい、彼からどんなののしりを聞かされるのでしょう。そして私はどう答えればいいのでしょう。

私はやっぱり、彼と再び会うべきではなかった。あの日のことは、少女時代の懐《なつ》かしい記憶にとどめておくべきだった。そうしたら、周囲に迷惑をかけることも、自分が苦しむこともなかったのに。

ああ、だけどこれで、やっと言える。そう思いました。

どんな優秀な興信所もまだ突き止めていないであろう、あの真実を。

あなたの初恋の人じゃなくて、ごめんなさい――。

紗奈の話を聞きながら、私は相槌《あいづち》ひとつ打つことができなかった。

物語の登場人物に感情移入するように、私は紗奈に自分を重ねていた。彼女の状況や想いが、あまりにも自分とシンクロしていたからだ。まるで、劇場の観客席にいるみたいな気分だった。

私だって、何度思っただろう。

あのときロビーで、友治くんに接触するべきではなかった。ただのファンとしての楽しい思い出だけ持っていればよかったと。

でもだからこそ、喜代助さんのあの言葉が思い出された。

「芝居はね、観客席からが一番よく見えるものだよ。舞台に立っている我々演者には、まいた。


ったく見えないことばかりだ」

紗奈というヒロインには見えていないものが、観客席の私にははっきりと映し出されていた。

彼女に共感する一方で、私は彼の気持ちも想像することができたのだ。

彼が子どもの頃のワンシーンをドラマチックに感じたのは、ひとつの彩《いろど》りになったかもしれない。だけど……。そこに執拗《しつよう》にとらわれているのは、彼というより、紗奈の方だ。

そしてそれは、紗奈の姉に対する複雑な心情ゆえなのではないか。

私は水を口にしたあと、ゆっくりと言った。

「話をしよう、と彼は言ったのよね。紗奈を追いかけて来てくれたのよね」

「……はい」

「だったら、話をしなくちゃいけないわ。彼だけじゃなくて、あなたの話を。そしてふたりの話を」

紗奈が顔を上げる。私は彼女を見つめた。

「彼は、お互い大人になってから出会った目の前の紗奈をちゃんと愛したんだと思うわ。今日までふたりで過ごした日々が、それを証明してくれているんじゃないかしら」

紗奈にそう言いながら、私は他者の声を聞いているような気がした。それはそのまま、自分に向けられた言葉だった。

私だって、かつて遠目に見た河童の子を想っただけじゃない。新たに出会ったリアルな友治くんをちゃんと愛したのだ。目の前で呼吸をし、くしゃみをし、冗談を言い、笑ったり怒ったりする友治くんを。

今夜、会えませんか。

私はこわかった。友治くんが何を話そうとしているのか。

だけど少なくとも彼は、あの気まずい空気を残したまま去って行こうとはしていない。これからどうなるにせよ、きちんと私と向き合おうとしてくれている。

紗奈が瞳《ひとみ》を揺らす。

「でも、私は彼にふさわしい人間だなんて思えない」

私は首を横に振った。

「彼はきっとこう言うわ。それは僕が決めることなのに、って」

臆病《おくびょう》な自分のことが、次々に浮かんだ。年齢のこと、容姿のこと、性格のこと。卑屈《ひくつ》さを隠したくて、彼に対して脱げなかったプロテクター。

「理世ママ」でもなく「ありす」でもない、ひとりの生身の人間としての私を、友治くんは見てくれたのに。

少し宙《ちゅう》を見たあと、紗奈はつぶやいた。

「………もう一度だけ……彼と話せたら、何かが変わるでしょうか」

「ええ。何よりも変わるのは、あなた自身よ。どんな展開になってもね」

私は力強く言った。

紗奈はふと、頬を緩ませる。

すごくよくわかる。紗奈の中にはもう、答えは出ていたのだ。ただ誰かに背中を押してほしかったのだと。

彼女は壁掛け時計に目をやった。アナログの時計針は、四時五十分を指している。

「ああ、もうこんな時間……」

紗奈はゆっくりと椅子から立ち上がった。

それまで上半身しか見えなかった衣装の全貌《ぜんぼう》が現れる。

白いマーメイド・ドレスの裾《すそ》。

「今日、結婚式の日だったんです」

紗奈は言った。私ははっと目を見開く。

彼女が着ていたのは、ウェディングドレスだったのだ。

「会場として銀座の教会を借りているのが、五時までなんです」

そして彼女はちょっとだけ、首をすくめた。

「教会の控室で準備をしているときに親族が騒ぎ出して、破談には違いないから、王子家《おうじ》の人はもう誰もいないと思うけど」

王子家。

「彼の姓は、王子というの？」

私の問いに、紗奈はひとつうなずく。

ドレスに装飾されたラインストーンが光った。

「……素敵なドレスね」

私が言うと、紗奈は体を半回転させ、スカートを揺らした。

「ドレスの試着のとき、彼がこれがいいって選んだんです。まるで人魚みたいだって。そして私を抱《だ》きしめてくれたんです。愛《いと》おしい、僕の人魚。僕は名前の通り、君の王子様になるよって」

少女みたいにあどけなく笑って言ったあと、紗奈は目に涙をにじませた。

「今日、彼に腕をつかまれて話をしようと言われたとき、私はこう答えたんです。アンデルセンのあの物語では、人魚姫と王子様は結ばれなかったのよ。だからこれで合っているのよ。……そして彼の手を、振りほどいてしまった。どうしたらいいかわからないまま、私は彼から逃げたんです。財布もスマホも持っていなくて、他に行くところもなくて、横谷さんが店を開けてくれるまで非常階段に隠れていました」

横谷さんがショートメールで教えてくれたネット情報が思い出される。

銀座の街に、人魚が逃げた。

あれは……あれは、紗奈と彼のことだったのか。

あの画像の彼の衣装も、結婚式で完璧な王子様になるための？

教会は、中央通りを一本横に入った細道にあった。クロノスからもすぐ近くだ。巷《ちまた》で騒ぎになっていた人魚は、そう遠くまで行かずに、ただじっとうずくまっていたのだった。

「教会に戻ってみます。彼が待ってくれていないとしても」

紗奈はきっぱりとそう言い、ひらりと泳ぐようにメイクルームから出た。

私も彼女を見送るために後を追う。

紗奈が、クロノスを辞めたのはちょうど一年前だ。

彼女は特に理由を言わなかったし、お店でトラブルがあったわけでもなかったから、ただ身を引きたくなる時期がきたのだろうと、こちらも深くは訊ねなかった。

それから一度も連絡を取り合うこともなかったので、私だけじゃなく店のスタッフも事情を知らなかったと思う。今日、久しぶりに突然紗奈がここにやってきて、横谷さんは心配になって私にすぐメールをしてきたのだろう。

小走りに教会へと向かう紗奈の後ろ姿を見ながら、私は思う。

恋心を胸に秘めたままでも美しいけれど、でも……。でも、やっぱり。

人魚姫が足を得て陸に上がったとき、王子様とまた会えてよかった。

あの勇気ある一歩は、決して間違いじゃなかった。

そのあとに蜜《みつ》のような歓喜があり、悶絶《もんぜつ》するような苦しみがあり、人知れぬ自我との闘いがあり……でもそれが誰かを「愛する」ことで得られる、それぞれにたったひとつの物語なら、それは自分がこの現世を生きている素晴らしい証《あかし》なのではないか。

恋した人と再会できてよかったね。

人魚姫も、紗奈も、そして私も。

運命に仕掛けられた設定に自ら一歩踏み出したことを、もう後悔する必要などどこにもなかった。

中央通りから、メガホンを通したアナウンスが聞こえた。

ガーガーと雑音混じりに男性の声が拡散される。

「もうすぐ歩行者天国の終了時刻です……」

警備員やスタッフが現れ、街が騒がしくなってくる。

ふと背後に気配を感じ、そちらを見て驚いた。

クラシックな王室風の白い正装、金の王冠。

長い黒髪の男性が、ビルの壁にもたれて街を眺めている。

憂《うれ》いを漂《ただよ》わせながらもすべてを悟《さと》っているような、凜《りん》とした表情を浮かべていた。

「王子、様」

私は思わず、声をかけた。

王子様は私に顔を向けた。

「あなたも知っているんだね。僕たちの物語を」

私は「ええ」と答え、早く伝えなければならないと思った。

「あの、そろそろ五時になります」

「……そうか」

王子様はうなずき、壁から体を離す。

「行かなくては」

彼は言った。勇《いさ》みに潤《うる》んだ目で。

私は心からの願いを彼に託《たく》す。

「どうぞお幸せに。あなたも、周りの人々も。祈っています」

「ありがとう」

王子様は澄《す》んだ瞳を私に向け、清潔な笑顔を見せた。なぜだろう、彼には何かをやり遂《と》げたあとの、満ちたりた気配が感じられた。

そして彼はひとつ息を整え、私に言った。

「ここからは、あなたが」

私が？

意味を図《はか》りかねている私を振り返ることなく、王子様は走り出した。

彼は教会の方向へ駆け出していく。紗奈のところへ行くのだ、これからふたりはまた新しく、再会の再会をするのだ。そう思うと、温かな気持ちでいっぱいになった。

前方に、ウェディングドレスの紗奈が走っている。

膝のあたりできゅっとくびれて広がった裾は、本当に人魚のようだ。

その姿を追うようにして、王子様が走っていく。

教会の前で、紗奈がはっと振り返る。王子様の姿を見て、一瞬、目を見開いた。

しかし……。


しかし王子様はまっすぐに走り続け、紗奈の脇をさあっと通り過ぎて行った。


そして紗奈もすぐ、気を取り直したように教会の扉を開ける。

するとそこには、タキシード姿の男性が待っていた。

紗奈を見て、両腕を開いて彼女を迎えている。


えっ……？

紗奈の彼は、あの王子様では……ない？

私は足早に、中央通りまで出て角を曲がる。
銀座四丁目交差点のほうへと走っていく長髪の王子様の姿が、遠目に見えた。
五時ちょうどを知らせる和光の鐘が、ゴーン、ゴーンと響き渡る。
五回目の音が空を舞うそのとき。

和光の前、時計塔の下で……
王子様の姿が、すうっと消えていった。

中央通りに、車が流れ出した。
警官のピピーッという笛の音、腕章をつけたスタッフの誘導。
ボックスタイプのパトカーが、拡声器を使って歩行者天国の終演を知らせる。
車道を歩く者はもう、誰もいない。
幻想のようだった世界が、あっというまに元の日常に戻っていく。
喧騒《けんそう》に満ちた現実の中、私はぽかんと立ち尽くしていた。

あの王子様は誰だったのだろう。私の見間違いだろうか。何かの錯覚《さっかく》？
交通整理のあわただしさに、消えた王子に気を留《と》めている様子の人はいない。

小さな震えが襲《おそ》ってきて、思わず、拳《こぶし》をぎゅっと握った。さらに力をこめる。指の先に軽い痛みを覚えた。

わけがわからなかった。

唯一わかっているのは、今自分がここに、確かにいるということ。

脈打つ肉体を持ち、地面に足を着けて、この世界で生きているということ。

「ここからは、あなたが」

あの王子様がそう言ったのを思い出す。

ここからは、私が。……私が、やるべきことを。

私はスマホを取り出す。友治くんに電話をかけるために。

会いたいです。あなたに、会いたいです。そう答えるために。

確かな自分を持つ。それは、臆病《おくびょう》さを守るプロテクターを装備することじゃない。

防具を外《はず》したときに、ちゃんと立てることだった。

今夜会えば、振られるかもしれない。
だけど、私はまだ、彼に好きだと伝えていないのだ。
話をしたかった。きちんと届けたかった。自分で口封じしていた私の声を。
そして今はまだおぼつかないこの足をまた踏み出して、歩き続けよう。
私が選んだ私だけの道を、しっかりと。

エピローグ

――失礼ですが、あなた様は？

「王子です」

――王子？　今日はどうしてこちらに？

「僕の人魚が、いなくなってしまって……」

――人魚が。

「……逃げたんだ。この場所に」

本日の昼下がり、ワタクシの営《いとな》む画廊「ギャラリー渦《うず》」の扉《とびら》を開け、静かに入ってきた王子は、そう言ってうっすらと蒼《あお》ざめておられました。

王子のことが気の毒になり、ワタクシはカウチ椅子《いす》へとお招きしました。

「どうぞお座りになってください」

王子は少しほっとした様子で、ゆったりと腰かけました。

「アンデルセンの『人魚姫』の、あの王子様なのですね」

ワタクシの言葉に王子はこくりとうなずき、長い脚を組んで椅子の背もたれに身を預けました。

銀座《ぎんざ》における老舗《しにせ》の間で、密《ひそ》やかに知られた話なのですが――。

歩行者天国。

その開催時間にだけ、和光《わこう》の時計塔に生じる時空の隙間《すきま》。

そこではごく稀《まれ》に、フィクションの世界にいる者が入り込み、街に紛《まぎ》れていることがあります。

それは人間たちが小説を読んだり芝居や映画を観《み》たりして、つかの間、現実から離れ虚構の世界へと心をゆだねるひとときを持つのと同じこと。

その逆コースがあることだって、まったく不思議ではありません。

これくらいのことは起こるのです。この銀座という街でなら。

王子はため息をつきました。

「少し、疲れてしまってね。何も知らずにいた能天気《のうてんき》な王子であり続けることに。僕は僕なりに、王女とは違うかたちで、あの子をとても愛していたんだけれど……」

「お察しします、王子。人間の創る物語というものは、登場人物にとって何かしらの苦難がつきものです。そうでなければ場面が展開してゆかないのです」

「それにしたって、アンデルセンが『人魚姫』の童話を書いてから二百年近くになる。その間に僕はずっと、船の上に立つところから始まり、あの可愛《かわい》い人魚が去って行ったところで止まったままだ……人々に読まれるごとに、繰り返し繰り返し」

一度生まれた物語は、永遠の魂《たましい》を持ちます。

読み手、語り手、伝え手、受け手がいるかぎり……。

人々の解釈や想像によって、また、語り継がれる時間の長さや時代の波によって、創作物のストーリーはいかようにも変わってゆきます。

『人魚姫』も、少しずつ変化を遂《と》げながら人間界に残り続けている名作のひとつといえるでしょう。

しかし、あらゆる人の手が入りながらも、王子のキャラクターや行動はさして変わらずのままのようでした。

「あまりにも長い間だから、もう限界なほどつらくなってね……」

王子は苦悩に顔をゆがめました。

「だから僕は逃げたんだ……。逃げてきたんだ、この場所に。愛《いと》しい僕の人魚がいなくなってしまったことが、悲しくて苦しくて」

そう、銀座の街に逃げたのは、人魚ではなく、おとぎ話の世界からやってきた王子だったのです。

しかし王子は、いつまでもずっと現実世界《ここ》にはいられないことも熟知していました。歩行者天国が開かれる、正午から午後五時までの間。その五時間です。

本を開き、閉じる。劇場に入り、出る。

本には最終ページがあり、芝居の幕はいずれ下ります。

人間たちが創作世界から現実に戻るのと同様に、それは当然でシンプルなことでした。

王子は脚を組みかえながら、穏《おだ》やかに言いました。

「でも、ここには初めて来てみたけれど、なかなか良いところだね。おとぎ界隈《かいわい》の聞き伝えどおり、銀座歩行者天国は美しくきらびやかで、歩いている人々は自由でとても楽しそうだ。心を分かち合ってくれる優しい青年や、不思議に思うぐらい一生懸命、叱咤激励《しったげきれい》してくれるレディとも出会ったよ」

ほう、それはそれは。

王子がここで心を慰《なぐさ》められ勇気づけられる何かを得られたのなら、それはよかった。

ワタクシは大変喜ばしく思いました。

王子はちょっとだけ、お顔を傾けました。

「しかし、『人魚姫』の童話がこんなにも皆に知られているとはびっくりだな。アンデルセンも、自分がここまで広く有名になるとは思わなかったかもしれない。……そのぶん、僕はいつまでも愚鈍《ぐどん》な王子のままなんだろうけれども」

ワタクシは首を横に振りました。

「そうとも限りませんよ。『人魚姫』に深い関心を持った作家が、いつかどこかで、あなたを明るい小説の中に登場させるかもしれません。そうしたら、アンデルセンの童話とはまた別に、あなたは新しい物語をも生きることになりましょう」

すると王子の瞳に、星のような光が灯《とも》りました。

「そうだね、そうなるといい。………そこに望みを託《たく》して、今日のところはこのひとときを味わうことにしよう」

「ええ、そうですよ。五時までの残り時間は、カフェなどを楽しみ、繁華街のにぎわいを見物なさってください」

と、そこでせっかく王子は少しお元気になられたのですが……。

絵画コレクターの男性から辛辣《しんらつ》な言葉を投げかけられ、なかなかに悲痛な想いをされたご様子でした。

しかしそれもまた、特別なことではありません。

人間が創作物に触れたとき、喜び、楽しむだけでなく、憤《いきどお》り、悲しむことも多々あるように。

そしてきっと、そこからそれぞれに、何かを学び取っていくのでしょう。

そのあと王子はカフェーパウリスタを訪れ、ケーキをお召し上がりになられたと、ワタクシのところにも風の噂《うわさ》が舞い込んでまいりました。

聞くところによると、ケーキと一緒に、「コーヒーとカード」の占いをお求めになられたとか。

かのアンデルセンが、「物知り婆《ばあ》さん」に占ってもらった、あれですな。店員がそれをお受けしたかどうかは、定《さだ》かではありませんがね。

春の陽《ひ》が降り注《そそ》ぐ本日、銀座歩行者天国には、王子の他にもたくさんの「お客様」がいらしたようです。老舗店では心得たもので、皆、彼らへの対応にはソツがありません。ヘンゼルとグレーテルは木村屋《きむらや》のあんぱんを美味《おい》しそうに食べていましたし、ラプンツエルは美しい髪飾りを物色して回り、赤ずきんは造花の桜をおばあさんに教えたくてじっくり観察していたようです。教文堂《きょうぶんどう》でさまざまな活字に目を凝《こ》らしていた少年ジョバンニ、歌舞伎座《かぶきざ》の一幕見席《ひとまくみせき》で玉手箱《たまてばこ》を携《たずさ》え、舞台に感動していた浦島太郎《うらしまたろう》………。


そんなことはありえないって？

でも、あなただって、ほら。

すぐ目の前にいる人が絶対に現実世界の人だなんて、証明できるでしょうか？


SNSにトレンド入りした「#人魚が逃げた」。

大勢の人が口々に人魚の話をしました。茶化《ちゃか》して笑ったり、心配したり、まじめにその生態を考えたり。彼らの噂《うわさ》の渦に巻かれながら、人魚は走り、泳ぎ、どこかに身を潜《ひそ》め、はたまた匍匐《ほふく》前進をし、バスタブにつかって笑《え》みを向け……。

それもまた、人々が勝手に作り出した虚構にすぎません。

でも今日一日、きっと皆の頭の中では、銀座の街に人魚が逃げていたことでしょう。

その誰も見なかったはずの人魚でさえも、ひとりでも話題にするかぎり、この浮世《うきよ》に存在し、生き続けるのです。


ああ、それからもうひとつ。

現実世界にも、複雑多岐《たき》に張り巡らされた素敵な物語が、あふれかえっております。

人間が思いつく創造も想像も、はるかに超えた素晴らしい出来事ばかりが。

しかし、その事実を知らないまま過ぎていくこと、ささいな誤解から大きくすれ違っていくことの、なんと多いことか。


たとえば、こんな話があります。

スペイン語を教えてもらうために訪れたお屋敷の庭で、野花を摘《つ》んでいる少女に気づき、淡い恋心を抱《いだ》きながら窓からこっそり見ていた少年。

その少女のお姉さんが花冠《はなかんむり》を少年の頭にかぶせてくれたとき、「妹が作ったのよ」と耳打ちしたこと。

少年と少女、ふたりの間でそれが明かされるのは――きっと、これからです。

だから言ったでしょう。
最後までわからないものですよ、物語というものはね。

おや、猫が絵の中に戻っていったようですな。

完

【参考文献】

『完訳 アンデルセン童話集1』 アンデルセン／著 大畑末吉／訳 岩波文庫
『人魚の姫』アンデルセン童話集1 アンデルセン／著 矢崎源九郎／訳 新潮文庫
『小さい人魚姫 アンデルセン童話集』 アンデルセン／著 山室静／訳 角川文庫
『人魚ひめ』世界名作おはなし絵本 アンデルセン／原作 末吉暁子／文 三谷博美／絵 小学館
『アンデルセンの絵本 人魚ひめ』 アンデルセン／原作 角野栄子／文
リスベート・ツヴェルガー／絵 小学館
『にんぎょひめ』はじめての世界名作えほん3 アンデルセン／原作 中脇初枝／文
谷口亜希子／絵 ポプラ社
『にんぎょひめ』せかいめいさくシリーズ よい子とママのアニメ絵本31 アンデルセン／原作
平田昭吾／著 ブティック社
『にんぎょひめ』世界名作アニメ絵本8 アンデルセン／原作 柳川茂／文 宮尾岳／絵 永岡書店
『アンデルセン自伝――わが生涯の物語』 アンデルセン／著 大畑末吉／訳 岩波文庫
『アンデルセン』人と思想190 安達忠夫／著 清水書院
『アンデルセン――世界じゅうで愛される「童話の王さま」』学習漫画 世界の伝記
立原えりか／監修 堀ノ内雅一／シナリオ 森有子／漫画 集英社
『アンデルセン』まんがで読む 知っておくべき世界の偉人11 クォン・ヨンチャン／文
ビータコム／絵 猪川なと／訳 岩崎書店
『ザ・ラスト・ワルツ「姫」という酒場』 山口洋子／著 双葉社
『銀座花族 1巻～5巻』 つのだじろう／著 主婦と生活社

【Special Thanks】
Tatsuya Tanaka　Saori Tanaka
Akina Horiuchi　Yoshino Kasahara
U-ku
Hans Christian Andersen

装丁写真　田中達也（MINIATURE LIFE）
装丁・目次・章扉デザイン　岡本歌織（next door design）

〈著者略歴〉
青山美智子（あおやま　みちこ）
1970年生まれ。愛知県出身。横浜市在住。
大学卒業後、シドニーの日系新聞社で記者として勤務。２年間のオーストラリア生活ののち帰国、上京。出版社で雑誌編集者を経て執筆活動に入る。デビュー作『木曜日にはココアを』が第１回宮崎本大賞を受賞。『猫のお告げは樹の下で』が第13回天竜文学賞を受賞。『お探し物は図書室まで』（２位）、『赤と青とエスキース』（２位）、『月の立つ林で』（５位）、『リカバリー・カバヒコ』（７位）と2021年から４年連続で本屋大賞にノミネートされる。他の著書に『いつもの木曜日』『鎌倉うずまき案内所』『ただいま神様当番』『月曜日の抹茶カフェ』、U-ku氏との共著である『マイ・プレゼント』『ユア・プレゼント』など。

人魚が逃げた

2024年11月26日　第１版第１刷発行
2025年７月29日　第１版第６刷発行

著　者　青山美智子
発行者　永田貴之
発行所　株式会社ＰＨＰ研究所
東京本部　〒135-8137　江東区豊洲5-6-52
文化事業部　☎03-3520-9620（編集）
普及部　☎03-3520-9630（販売）
京都本部　〒601-8411　京都市南区西九条北ノ内町11
PHP INTERFACE　https://www.php.co.jp/
組　版　有限会社エヴリ・シンク
印刷所　大日本印刷株式会社
製本所　大日本印刷株式会社

ISBN978-4-569-85794-7

PHP文芸文庫

赤と青とエスキース

青山美智子　著

1枚の絵画を巡る、5つの愛の物語。彼らの想いが繋がる時、奇跡のような真実が現れる。2022年本屋大賞2位作品、待望の文庫化!

PHPの本

マイ・プレゼント

青山美智子 著／U－ku 絵

ハートフル小説の旗手と新進気鋭の水彩作家が織りなす、世にも美しいアート×ショート・ショート集。大切な人に贈りたい珠玉の一冊。

PHPの本

ユア・プレゼント

青山美智子　著／U-ku　絵

温かい物語と赤い水彩画が醸し出す感動。話題の二人によるアート×ショート・ショート集第二弾！　頑張るあなたを応援する至高の一冊。

PHPの本

マリアージュ・ブラン

砂村かいり 著

恋愛感情はない。手を繫いだこともない。世界でいちばん気の合う、大切な友人と結婚している――。一組の夫婦を描いた長編小説。

PHPの本

森にあかりが灯るとき

藤岡陽子 著

夢を諦め介護士になった星矢は、施設「森あかり」の利用者と職員たちに心を救われていく。介護業界の未来と人の絆を描いた傑作長編。